AF217518

Tucholsky Wagner Zola Scott Sydow Freud Schlegel
Turgenev Wallace Fonatne
Twain Walther von der Vogelweide Fouqué Friedrich II. von Preußen
Weber Freiligrath Frey
Fechner Weiße Rose von Fallersleben Kant Ernst Frommel
Fichte Richthofen
Hölderlin
Engels Fielding Eichendorff Tacitus Dumas
Fehrs Faber Flaubert
Eliasberg Zweig Ebner Eschenbach
Feuerbach Maximilian I. von Habsburg Fock Eliot
Ewald Vergil
Goethe Elisabeth von Österreich London
Mendelssohn Balzac Shakespeare Dostojewski Ganghofer
Lichtenberg Rathenau Doyle Gjellerup
Trackl Stevenson Hambruch
Mommsen Tolstoi Lenz Droste-Hülshoff
Thoma Hanrieder
Dach von Arnim Hägele Hauff Humboldt
Verne
Reuter Rousseau Hagen Hauptmann
Karrillon Garschin Gautier
Defoe Baudelaire
Damaschke Descartes Hebbel
Hegel Kussmaul Herder
Wolfram von Eschenbach Schopenhauer Rilke George
Darwin Dickens
Bronner Melville Grimm Jerome
Campe Horváth Aristoteles Bebel Proust
Bismarck Vigny Voltaire Federer Herodot
Barlach
Gengenbach Heine
Storm Casanova Tersteegen Grillparzer Georgy
Chamberlain Lessing Gilm Gryphius
Langbein
Brentano Claudius Schiller Lafontaine Sokrates
Strachwitz Schilling Kralik Iffland
Katharina II. von Rußland Bellamy
Gerstäcker Raabe Gibbon Tschechow
Löns Hesse Hoffmann Gogol Wilde Vulpius
Luther Heym Hofmannsthal Gleim
Klee Hölty Morgenstern Goedicke
Roth Heyse Klopstock Kleist
Luxemburg Puschkin Homer Mörike
Machiavelli La Roche Horaz Musil
Navarra Aurel Musset Kierkegaard Kraft Kraus
Nestroy Marie de France Lamprecht Kind Kirchhoff Hugo Moltke
Laotse Ipsen Liebknecht
Nietzsche Nansen Ringelnatz
Marx Lassalle Gorki Klett Leibniz
von Ossietzky May Irving
vom Stein Lawrence
Petalozzi Knigge
Platon Michelangelo Kafka
Pückler
Sachs Poe Kock
Liebermann Korolenko
de Sade Praetorius Mistral Zetkin

Die Bulgarin und andere Novellen

Iwan Wasow

Impressum

Autor: Iwan Wasow
Übersetzung: Marya Jonas von Szatánska
Umschlagkonzept: toepferschumann, Berlin

Verlag: tradition GmbH, Hamburg
ISBN: 978-3-8424-1380-1
Printed in Germany

Ziel der TREDITION CLASSICS ist es, tausende deutsch- und
fremdsprachige Klassiker wieder in Buchform verfügbar zu
machen. Die Werke wurden eingescannt und digitalisiert. Dadurch
können etwaige Fehler nicht komplett ausgeschlossen werden.
Unsere Kooperationspartner und wir von tredition versuchen, die
Werke bestmöglich zu bearbeiten. Sollten Sie trotzdem einen Fehler
finden, bitten wir diesen zu entschuldigen. Die Rechtschreibung der
Originalausgabe wurde unverändert übernommen. Daher können
sich hinsichtlich der Schreibweise Widersprüche zu der heutigen
Rechtschreibung ergeben.

Vorwort.

Ohne an dieser Stelle tiefer auf die Schicksale Bulgariens einzu-gehen, sei nur vorausgeschickt, daß die Bulgaren, ein ugrisches Volk, ein früherer finnischer Volksstamm im östlichen Rußland und westlichen Sibirien, von der Wolga vordrang, seit 493 häufig über die Donau kam und wiederholt, namentlich 502, Streifzüge nach Konstantinopel machte, 562 unter die Herrschaft der Avaren, eines tatarischen Volksstammes, kam, sich 660 unter Chan Kuwrat befrei-te, die Donau überschritt und 680 in dem heutigen Bulgarien ein mächtiges Reich gründete. Hier verschmolzen die Bulgaren nach und nach mit der slawischen Bevölkerung und nahmen seit dem 9. Jahrhundert deren Sprache an. Als König herrschte Chan Michael. Nach langdauernden Kämpfen mit den Byzantinern wurden sie 1018 von diesen unterworfen. Die Walachen (die heutigen Rumä-nen) Peter und Asow reizten das schwer gedrückte Volk 1186 zum Aufstand und gründeten darauf das walachisch-bulgarische Reich der Asaniden, das 1285 – 1299 von den Tataren abhängig war, 1375 von den Türken erobert und 1391 türkische Provinz ward. Durch den letzten russisch-türkischen Krieg und den Berliner Vertrag 1878 wurde der Grund zu der heutigen politischen Gestaltung Bulgari-ens gelegt, nachdem die Bulgaren durch zahlreiche Aufstände be-müht gewesen waren, das türkische Joch abzuschütteln.

Selten nun hat ein Volk, das Jahrhunderte hindurch das schwere Joch der Sklaverei getragen, in so kurzer Zeit, in dreißig Jahren, in sozialer wie geistiger Hinsicht, in Kunst und Literatur so bedeuten-de Fortschritte und Erfolge aufzuweisen wie die Bulgaren.

Der harte Druck, unter dem die Bulgaren seufzten, erweckte – be-sonders seit dem Verfalle der Türkei – das Gefühl ihrer Nationalität, Sehnsucht nach Befreiung und eine glühende, enthusiastische Va-terlandsliebe.

Diese letztere war es, welche die bulgarische Dichtung schuf. Der Grundton der Poesie und Romanschriftstellerei war das zu befrei-ende und das befreite Vaterland.

Die Vaterlandsliebe ist es auch, die fast durch alle Werke des her-vorragendsten und auch im Auslande berühmtesten bulgarischen

Dichters, *Iwan Wasow*, durchklingt. Und der Rückwirkung der Tyrannei, die alle edel veranlagten Naturen zu groß- und warmherzigen Idealisten, zu den aufopferungsfähigsten Menschen erzieht, ist es wohl zuzuschreiben, daß aus seinen Werken ein so reiner, dem Heldenhaften zuneigender Geist spricht.

Nehmen wir dazu eine tiefe Bildung, große Menschen- und Weltkenntnis, den echten, von Herzen kommenden Ton – so werden wir verstehen, warum sich Wasows Dichtungen und Erzählungen durch so viel Lebenswärme, deren Eindruck durch den exotischen Hintergrund noch gesteigert wird, auszeichnen.

Diesen seinen Vorzügen verdankt Wasow auch die hohe Schätzung und Beliebtheit, die er im Auslande, das seine Werke gern übersetzt, genießt.

Obwohl sich eine ganze Schar Jünger und Nachahmer um ihn gereiht hat, steht er noch unerreicht da als der Bulgarei größter Dichter.

Iwan Wasow, der Sohn Mintschas, wurde am 27. Juni 1850 (10. Juli unseren Stils) im südlichen Bulgarien zu Sopot geboren. Sein Vater war ein hervorragender Kaufmann, seine Mutter eine zumal für jene Zeiten außergewöhnlich gebildete Frau.

Iwan wurde vom Vater für den Kaufmannsstand bestimmt und in diesem Sinne seine Ausbildung anfänglich geleitet.

Den Anfangsunterricht genoß Wasow in der Elementarschule des Ortes. Im Jahre 1865 schickte ihn der Vater nach Kälofer (Ostrumelien) in eine Schule, in welcher der Unterricht in der griechischen, der damals auf der Balkanhalbinsel für den Handel unentbehrlichen Sprache erteilt wurde. Doch soll Wasow hier mit Vorliebe die Lesebibliothek der Schule »studiert« haben ...

Nach einem Jahre brachte ihn der Vater ins Gymnasium zu Philippopel zwecks Erlernung der griechischen und türkischen Sprache. Indessen ... anstatt sich hier dem Sprachstudium hinzugeben, widmete sich Iwan der Dichtkunst ...

So nahm ihn denn der Vater nach neun Monaten zurück in die Vaterstadt, damit er unter seiner Leitung im Geschäft praktiziere.

Der Gottesfunken ließ sich aber nicht verlöschen ... Iwan bekümmerte sich ganz und gar nicht ums Geschäft, sondern dichtete nach wie vor, und der praktische Sinn des Vaters konnte nicht gerade erbaut sein, als er auf den Wänden, Ladentischen, ja in den Handelsbüchern des Geschäftes Poesien des zukünftigen Kaufherren fand ...

1870 ward Iwan vom Vater nach Rumänien zu Verwandten geschickt, um unter deren Augen erfolgreicher im Geschäft zu arbeiten.

Die Zeiten waren nicht danach angetan. Ganz Bulgarien gärte, und große Dinge, die die Befreiung des Landes anbahnten, bereiteten sich vor. Rumänien beherbergte ganze Scharen bulgarischer Emigranten. Sowohl die Überzeugung als die sprühende Lebenskraft führten Iwan in das fieberhafte Treiben der revolutionären Arbeiten. Er gehörte zu Braila verschiedenen Komitees und den Redaktionen bulgarischer Zeitungen an.

In Braila begann er mit der Veröffentlichung seiner patriotischen Gedichte. Heimlich verbreitete man diese in der Bulgarei, wo sie die Herzen entflammten und die Gemüter zu kühnen Taten anspornten.

Als Wasow im Jahre 1872 nach der Heimat zurückkehrte, legte er die Feder nicht mehr aus der Hand, wie er auch die Veröffentlichung seiner Werke nicht unterbrach. Zu dieser Zeit ließ er seine Dichtungen in einem in Konstantinopel erscheinenden Tagesblatte erscheinen.

Die weitere Entwicklung seiner Karriere ist eine sehr eigenartige: wir sehen ihn bald als Volksschullehrer, bald als Bahnbeamten. Die türkischen Gewalttaten, durch den Aufstand 1876 hervorgerufen, zwangen ihn auszuwandern.

Nach der Befreiung Bulgariens finden wir ihn in Berkowitza als Kreisgerichtspräsidenten. Da er zu diesem Berufe keine Neigung fühlte, zog er sich zurück und nahm seinen Aufenthalt in Philippopel, wo er sich ganz der Literatur und Journalistik widmete. Hier war es, wo er zusammen mit dein Dichter Welitschkow eine Monatszeitschrift »Die Wissenschaft« und später eine Wochenschrift herausgab.

Am serbischen Kriege nahm er als Freiwilliger teil. Er kämpfte in den Schlachten bei Zaribrod und Pirot mit.

Während der Epoche Stanislaus Stambulows lebte er mehrere Jahre hindurch in Rußland. In Odessa schrieb er seinen hervorragendsten Roman »Unter dem Joche«. Nach der Rückkehr in die Heimat veröffentlichte er diesen Roman in der »Literarischen Sammlung«, welche das Kultusministerium herausgab.

Seit dieser Zeit ist Sofia sein Aufenthaltsort, und ununterbrochen ist er als Schriftsteller tätig.

Im Ministerium Stoilow hatte er während zweier Jahre das Portefeuille des Kultus inne. Nachdem er dieses Amt niedergelegt, ward er zum Präses der Literarischen Gesellschaft erwählt.

In Sofia erst begann Wasow seine in den periodischen Zeitschriften zerstreuten Arbeiten zu sammeln. Auch gab er jetzt mehrere Bände Gedichte heraus.

Seine Romane erschienen zuerst unter dem Titel »Erzählungen und Geschichten« – alsdann kamen »Skizzen und Bilder aus dem Leben der Hauptstadt«. – Ferner Sammlungen von Novellen: »Gesehenes und Gehörtes« sowie »Die bunte Welt« usf.

Überhaupt hat Wasow sehr viel gearbeitet und kann mit Stolz auf eine ganz stattliche Reihe von Bänden seiner Werke blicken.

Es gibt wohl keine Form der Poesie, die er nicht mit Geist und Glück versucht hätte, und man weiß nicht, was schöner ist: seine gefühlvolle Lyrik oder seine heldenhaften Gesänge und Dramen ... denn Wasow ist auch dramatischer Dichter – sein berühmtestes Schauspiel heißt »Die Verschwörer«.

Seine Prosa zeichnet sich durch die wundervollste Stimmung aus, die Beschreibungen sind ebenso eigenartig wie farbenreich – hervorragend sind seine Legenden.

Wenn wir noch hinzufügen, daß Wasow auch als literarischer Kritiker tätig war (er widmete sich den Besprechungen der Werke von Bulgariens Dichtern aus der Zeit der Wiedergeburt), so werden wir wohl in dieser knappen Skizze alles erwähnt haben, was den Leser der »Bulgarischen Novellen« interessieren könnte.

Im Jahre 1895 beging Sofia feierlichst das fünfundzwanzigjährige Jubiläum der dichterisch-schriftstellerischen Tätigkeit Wasows.

Bulgarien sieht in *Iwan Wasow* seinen größten Schriftsteller, der auch alle Eigenschaften besitzt, sich dauernd in dieser Würde zu erhalten.

Krakau, 1908.

Die Übersetzerin.

Die Bulgarin.

Historische Episode.

1.

Am zwanzigsten Mai des Jahres 1876, um die Nachmittagszeit – an demselben Tage, an dem die Abteilung Botews im Balkangebirge zerschlagen und Botew selbst gefallen war, getroffen von einer Kugel der tscherkessischen Bande, unter Anführung des raubgierigen Dschambalas – stand auf dem linken Ufer des Isker,[1] Lutibrod gegenüber, eine Schar Weiber aus diesem Dorfe. Sie warteten, bis die Reihe an sie kommen würde, sich im Kahne auf die andere Seite des Flusses übersetzen zu lassen.

Die meisten von ihnen wußten nicht, was um sie her geschah, und so manche kümmerten sich auch nicht darum. Die lauten Durchmärsche der Abteilungen jenseits Wratza, die schon zwei Tage dauerten, gingen sie nichts an – und hinderten sie auch gar nicht, ihren wirtschaftlichen Angelegenheiten nachzugehen. In Wirklichkeit gab es dort nur lauter Weiber, denn die Männer wagten nicht, sich zu zeigen. Obwohl der Schauplatz der Kämpfe zwischen den Aufständischen und den tscherkessischen Banden weit entfernt lag von Lutibrod, war doch die Kunde von diesen Unruhen bis hierher gedrungen, und Schrecken erfaßte die Männer.

An diesem selben Tage waren einige türkische Soldaten ins Dorf gekommen, um verdächtige Leute abzufassen, und einige andere beaufsichtigten bei der Überfahrt diejenigen, die da ankamen und abfuhren.

In dem Augenblicke, von dem wir sprechen, befand sich das Boot auf dem gegenüberliegenden Ufer, und die Landfrauen erwarteten es mit Ungeduld, um hinüberzufahren. Endlich kehrte das Boot zurück. Der Fährmann – ein Lutibrodier – stützte es mit dem Ruder, damit das Wasser es nicht entführe, und stieg ans Ufer.

»Na, vorwärts, Weiber! ... Schneller!...«

---

[1] Isker, ehemals Oskos, einer der rechten Nebenflüsse der Donau in Bulgarien. Anmerk. der Übersetzerin.

Plötzlich erschienen zwei türkische Gendarmen zu Pferde. Sie sprangen schnell herunter und stießen die Weiber auseinander, um ins Boot zu gelangen. Der ältere der beiden, ein dicker Türke, knallte mit der Peitsche und fing an zu schimpfen: »Fort von hier, giaurische Schweine!... Macht, daß ihr fortkommt!...«

Die Weiber wichen zurück, um weiter zu warten.

»Weg von hier, Hexen!...« schrie der zweite, indem er auf die Frauen mit geschwungener Knute zusprang.

Kreischend fuhren sie nach allen Seiten auseinander.

Mittlerweile führte der Fährmann die Pferde ins Boot. Auch die Gendarmen stiegen ein, und der Dicke schrie wütend zum Fährmann gewandt: »Nicht eine einzige Hündin läßt du herein!... Weg von hier!...« schrie er zurück, wild drohend.

Die erschreckten Weiber fingen an, nach Hause zurückzugehen.

»Herr Offizier! ... Ich flehe dich an: warte!...« rief ein Landweib, das schnell von Tschelopjek geeilt kam.

Die Gendarmen sahen sie an.

»Was willst du, Alte? ...« fragte der Dicke bulgarisch.

Die Angekommene war ein sechzigjähriges Weib, hoch, knochig, mit männlichem Blick. Auf dem Arme trug sie ein in ein zerrissenes Leintuch eingewickeltes Kind.

»Erlaube mir hinüberzufahren, Herr Offizier!... Laß mich ins Boot, und Gott wird dich belohnen, wird dir und deinen Kindern Gesundheit schenken!...«

»Ach, du bist es, Ilitza?... Verrückte Giaurin!...«

Er erkannte sie, denn sie hatte ihm in Tschelopjek das Essen zubereitet.

»Ich bin es, Aga Hadschi-Hassan. Nimm mich mit, um dieses Kindes willen...«

»Wohin trägst du denn den Balg? ...«

»Das ist mein Enkelsohn, Hadschi. Die Mutter ist ihm gestorben ... er ist krank... ich trage ihn ins Monasterium ...«

»Und warum?...«

»Damit man Gebete spreche für seine Genesung...« sagte die Frau stehend, mit großer Angst im Blick.

Hadschi-Hassan nahm im Boote Platz, und der Fährmann ergriff das Ruder.

»Aga, um Gottes willen!... Tue dieses gute Werk, denke, daß auch du Kinder hast!... Ich werde auch für dich beten!...«

Der Türke dachte nach und sagte dann verächtlich: »Steig ein, Eselin!...«

Die Frau sprang schnell ins Boot und setzte sich neben den Fährmann. Dieser richtete es auf die trüben Fluten des Isker, der nach Regengüssen angeschwollen war. Die hinter den Bergfelsen untergehende Sonne vergoldete den Wasserspiegel mit ihren leuchtenden Strahlen.

2.

Das arme Weib hatte es tatsächlich eilig, ins Kloster zu gelangen. Auf ihrem Arm ruhte der seit zwei Wochen kranke, zweijährige Enkel, eine Waise. Schon seit vierzehn Tagen schwand er dahin. Nichts half, weder die Arzeneien der Weiber noch die Besprechungen ... selbst der Quacksalber in Wratza fand kein Mittel für ihn. Auch der Dorfpope hatte über ihm gebetet, nichts hat geholfen. Die letzte Hoffnung ist ihr in der Mutter Gottes geblieben.

»Man bete im Monasterium über ihm ... Mögen die Mönche beten ...« sagten ihr die Weiber im Dorfe fortwährend.

Als sie heute nachmittag das Kind angesehen hatte, erschrak sie ... Es lag da wie tot.

»Jetzt eile ... eile ... Vielleicht hilft uns die Mutter Gottes ...«

Und trotz des Unwetters machte sie sich auf den Weg nach dem Tscherepiser Monasterium der »Heiligsten Jungfrau«.

Als sie durch den Eichwald ging und auf den Isker zu hinabstieg, trat zwischen den Bäumen ein seltsam gekleideter Jüngling hervor, auf der Brust trug er Patronentaschen, ein Gewehr in der Hand. Sein Gesicht war bleich, abgespannt.

»Weib, gib mir Brot! ... Ich sterbe vor Hunger! ...« sagte er zu ihr, indem er ihr den Weg vertrat.

Sie erriet sofort, mit wem sie es zu tun hatte. Es war einer von jenen, denen sie auf den Fersen waren.

»Herr Gott!...« murmelte Ilitza erschrocken.

Sie durchsuchte ihren Beutel und bemerkte erst jetzt, daß sie vergessen hatte, Brot mitzunehmen ... nur trockene Brotrinden fanden sich auf dem Boden des Beutels. Sie gab sie ihm.

»Weib! ... Kann ich mich in diesem Dorfe verbergen? ...«

Wie könnte er sich in Tschelopjek verbergen!... Sie werden ihn sehen, ausliefern ... noch dazu in solcher Kleidung!...

»Unmöglich, mein Sohn, unmöglich ...« antwortete sie und schaute mitleidsvoll auf sein ermüdetes Gesicht, auf dem sich Verzweiflung malte. Sie sann eine Weile nach, dann sagte sie: »Versteck' dich, Sohn, mittlerweile im Walde ... hier kann jemand deiner ansichtig werden ... Diese Nacht erwarte mich . .. daß du dich hier finde! ... Ich werde dir Brot und andere Kleidung bringen... in dieser kannst du dich nicht zeigen. Wir sind Christen ...« setzte sie hinzu.

Auf dem gramvollen Angesicht des Jünglings flammte Hoffnung auf.

»Ich werde hier warten, Mutter ... geh ... ich danke dir ...«

Sie sah, wie er hinkend im Walde verschwand. Ihre Augen füllten sich mit Tränen.

Schnell eilte sie hinab und dachte: Ich muß dieses gute Werk verrichten... Der Unglückliche! wie er aussieht! ... Vielleicht wird Gott sich dafür erbarmen und mir das Kind retten ... Heiligste Jungfrau, hilf mir nur, daß ich das Kloster erreiche ... Guter Gott, beschütze ihn ... er ist doch ein Bulgare ... er hat sich aufgeopfert für den christlichen Glauben ...

Sie beschloß, den Oberen des Monasteriums, einen barmherzigen Greis und guten Bulgaren, ins Geheimnis zu ziehen, Bauernkleidung und Brot zu nehmen und nach Verrichtung der Gebete sofort zurückzukehren, um noch vor Anbruch der Dämmerung den Aufständischen zu finden.

Sie eilte weiter mit verdoppelter Kraft, um das Leben zweier menschlichen Wesen zu retten.

3.

Die Nacht hatte schon ihre schwarzen Flügel über dem Tscherepiser Monasterium ausgebreitet. Die Iskerschlucht schwieg ängstlich unter dem dunkeln Himmel, der Fluß rauschte eintönig und klagend in der Tiefe, um sich mit dumpfem Krachen bei der Biegung zwischen hoch über ihm hängenden Felsen zu verlieren. Gegenüber standen schwarze Schatten, Steinwände ... sie standen düster und verträumt mit ihren dunklen Grotten, ihren Obelisken, die Gottes Hand hier gesetzt, und den Adlern, die auf ihren Gipfeln schlummern.

Es schlummerte auch das stille und einsame Mönchskloster.

Ein Diener trat hinaus ... bald nach ihm erschien auch ein Mönch, halb angekleidet, unbedeckten Hauptes.

»Iwan, wer pocht dort an die Pforte? ...« rief der Mönch ängstlich ... Eine Bettstelle stand an der Wand, auf ihr ausgebreitet lagen Kleidungsstücke ... Der Mönch stützte sich auf den hohen Bettrand.

Das Klopfen wiederholte sich.

»Gewißlich ist es einer von ihnen ... Was soll ich tun? ... Nicht hereinlassen! ... Der Obere ist jetzt auch nicht da ...«

»Warte! ... Zuerst frage ...«

»Wer ist da?« rief der Diener und horchte hinaus – »die Stimme ... 's scheint eine Frauenstimme zu sein ...«

»Du träumest wohl gar! ... Eine Frau! ... Um diese Zeit! ... Entweder sie sind's oder die Türken ... Gewiß sind's Türken ... Diese Nacht morden sie uns alle ... Was mögen sie hier nur suchen? ... Hier gibt's nichts, ich lasse keinen Verdächtigen herein ... Herr, erbarme dich! ...«

Die Stimme hinter der Pforte ließ sich wieder vernehmen.

»'s ist ein Weib, das ruft ...« wiederholte der Knecht.

»Wer bist du? ...«

»Wir sind Geschwisterkinder, Iwan. Die Ilitza aus Tschelopjek ... Öffne ... ach, öffne! ...«

»Bist du allein? ...« fragte Iwan.

»Allein, mit dem Enkel, Iwan. Öffne, Gott wird's dir lohnen! ...«

»Sieh, ob's kein Schwindel ist! ...« sagte Vater Ephtymy zum Knecht.

So ermuntert trat der Knecht an die Pforte und schaute durch das kleine Fenster. Als sich auch der Mönch überzeugt hatte, so weit die Dunkelheit es zuließ, daß sich draußen nur ein Weib befand, befahl er Iwan zu öffnen.

Man schob die Pforte ein klein wenig auf, ließ die Bäuerin herein und schloß sofort wieder zu.

»Die Teufel sollen dich holen! .... Was willst du hier, Ilitza?...« fragte der Mönch ärgerlich.

»Mein kleiner Enkel ist gefährlich krank... Wo ist der Vater Prior? ...«

»In Berkowitza. Wozu brauchst du ihn? ....«

»Auf daß er Gebete spreche ... Aber sofort! ... Tue es, du, Vater ...«

»Was?! ... In der Nacht?! ... Was kann ich dem kranken Kinde helfen ...« brummte der Mönch zornig.

»Du kannst nicht helfen, aber Gott vermag alles ...«

»Jetzt geh schlafen. Morgen ...«

Aber das Weib flehte und beharrte hartnäckig auf ihrem Verlangen.

Bis morgen ... wer weiß, was da sein wird ... Mit dem Kinde steht es sehr schlecht ... Die Krankheit wartet nicht ... Nur Gott allein kann helfen. Sie wolle auch zahlen, so wie sich's gehört.

»Verrückt bist du ... Du zwingst uns, das Monasterium des Nachts zu öffnen, damit die ›Rebellen‹ eindringen, damit die Türken kommen und das Kloster vernichten! ...«

So brummend ging der Mönch in seine Zelle, um alsbald in seiner Kutte, barhaupt, zurückzukehren.

»Komm! ...«

Sie folgte ihm in die Kirche.[2] Er zündete eine Wachskerze an, legte die Stola um und nahm das Brevier zur Hand.

»Gib das kranke Kind her ...«

Ilitza näherte das Kind dem Lichte. Sein Gesicht war gelb wie Wachs.

»Aber es lebt ja nicht mehr! ...« bemerkte der Mönch.

Die tiefeingesunkenen Augen öffneten sich, als wollten sie diesen Worten widersprechen, und in dem sich in ihnen widerspiegelnden Kerzenlichte blitzten sie auf wie Sterne ...

Der Mönch legte ein Ende der Stola auf das Haupt des Kindes, sprach schnell ein Gebet für dessen Genesung, segnete es mit dem Zeichen des Kreuzes und schloß das Brevier. Die Dörflerin küßte seine Hand, in der sie zwei Piaster zurückließ.

»Wenn es ihm bestimmt ist zu leben, wird es gesund werden ... Jetzt geh in den Schuppen schlafen...«

Und der Mönch wandte sich zum Gehen.

»Warte, Vater Ephtymy ...« rief das Weib zögernd.

Er wandte sich zurück und trat zu ihr.

»Was gibt's denn noch? ...«

Die Stimme senkend, sagte sie: »Ich habe dir etwas anzuvertrauen... Wir sind doch Christen ...«

Der Mönch geriet in Zorn.

»Was hast du anzuvertrauen ... was für Christen? ... Geh schlafen ... Die Kerze darf nicht brennen, jemand könnte es von oben bemerken und zu Gaste kommen ...«

Der Mönch hatte die »Rebellen« im Sinne. Das Weib verstand ihn. Auf ihrem Antlitz prägte sich Kummer aus, und die Stimme zitterte: »Fürchte dich nicht! ... Niemand wird herkommen ...«

---

[2] So oft im Laufe der Erzählungen die Kirche erwähnt wird, ist die griechisch-katholische Kirche gemeint. Die Bulgaren sind zumeist griechisch-katholisch. Anmerk. der Übersetzerin.

Und mit noch geheimnisvollerem Ausdruck sagte sie: »Als ich aus dem Dorfs kam, dort in unserem Walde ...« Angst und Zorn stritten sich auf dem gerunzelten Antlitz des Mönches. Er begriff, daß das Weib ihm etwas Gefährliches mitteilen wollte, deshalb unterbrach er sie und rief: »Ich will nichts hören ... sage mir nichts ... Behalte für dich, was du weißt ... Bist du hergekommen, das Kloster in Brand zu stecken? ...«

Die Dörflerin wollte noch etwas sagen, aber als sie das hörte, blieben ihr die Worte im Halse stecken; ohne jegliche Hoffnung betrat sie hinter dem erzürnten Mönche den Hof.

»Aber ich werde ja hier nicht nächtigen! ...« rief sie nur aus, als sie sah, daß der Mönch ihr den Weg nach dem Schuppen weisen wollte.

Dieser sah sie voll Staunen an.

»Wie? ...«

»Ich gehe ... sofort ...«

»Bist du verrückt geworden? ...«

»Ich bin verrückt geworden oder auch nicht ... einerlei ... Ich gehe ... Morgen beim Tagesanbruch habe ich Arbeit. ... Gebt mir Brot, denn ich bin hungrig ...«

»Brot so viel du nur willst ... Gib ihr, Iwan! Aber die Pforte zu öffnen erlaube ich nicht!« ...

Doch die Dörflerin bestand eigensinnig auf ihrem Willen.

Vater Ephtymy sann nach. Wieder die Pforte öffnen? ... Das war gefährlich ... Böse Menschen können eindringen ... Wer weiß, was geschehen kann ... Alsdann erinnerte er sich, daß die Frau sie schon gesehen hatte ... sie kann ein Unglück über das Kloster bringen, und wenn es die Türken in Erfahrung bringen ... Nein ... besser ist's, sie los zu werden, damit sie nicht hier sei ...

»So geh denn!...« rief er.

Die Frau packte die Hälfte des Brotes, das ihr Iwan gebracht hatte, in den Beutel, nahm alsdann das Kind auf den Arm und ging.

Die Pforte fiel hinter ihr zu, und der Schlüssel knirschte im Schloß.

4.

Die alte Ilitza eilte durch die Nacht zum Isker, hinter dem der »Rebell« ihrer harrte. Sie war sehr aufgeregt. Sie hatte es weder gekonnt noch gewagt, den reizbaren Mönch, der sie in Vertretung des Priors empfangen hatte, um Rat zu fragen.

Sie war auf den hohen Rand der Schlucht hinter dem Kloster geklettert und verfolgte einen Pfad, der sich den Isker entlang wand.

Die sternhelle Nacht ließ die sich auf der anderen Seite des Flusses abzeichnenden Felsen und Felsabhänge erkennen, düster am Tage und jetzt unheilverkündend ...

In den Augen und in der Seele der alten Ilitza, die von Angst und Unruhe erfüllt war, sah alles unheilverkündend aus. Als sie auf der Höhe angelangt war, ließ sie sich ermüdet auf der kalten Erde unter einer großen Ulme nieder.

Die Einöden des Gebirges schliefen ... Die der Wildnis eigentümliche Stille lag über der Natur, nur der Strom schäumte irgendwo in der Tiefe, über der sich die Gebäude und Dächer des Monasteriums ohne jedwedes Licht erhoben.

Von rechts drang aus Lutibrod das Bellen der Hunde.

Sie erhob sich vom Boden, doch da sie sich fürchtete, durch das Dorf zu gehen, wandte sie sich nach links in die Felsabhänge, dann eilte sie querfeldein.

Bald befand sie sich unten, ganz am Isker. Das Boot stand am Ufer. Ilitza ging nach der Baracke, in der gewöhnlich der Fährmann schlief. Drinnen war niemand, augenscheinlich fürchtete sich der Fährmann, hier die Nacht zu verbringen.

Erschreckt wußte sie nicht, was tun. Sie trat an den Kahn ... Der Isker schäumte schrecklich ... sie sah den trüben Schein der dunklen Fluten ... ein Schauer durchlief sie ...

Was tun? ... Warten bis zum Morgen? ... Sie wollte daran nicht einmal denken, obwohl das Krähen der Hähne in Lutibrod den nahenden Tagesanbruch verkündete ...

Was soll sie tun? ... Soll sie sich allein auf den Fluß wagen? ... Sie hat es oft gesehen, wie man rudert ... Dieser Ausweg schien ihr sehr gefährlich zu sein, doch hatte sie keine Wahl, wenn sie den Aufständischen treffen wollte, der sie dort erwartete, sterbend vor Hunger und Unruhe.

Das Kind legte sie auf dem Sande hin – sie dachte nicht mehr an dasselbe – und bückte sich, um die Kette, die das Boot an den Pflock band, zu lösen. Sie erzitterte: die Kette war nicht angebunden, sondern mit einem Vorlegeschloß verschlossen ... Das war die Arbeit der Türken, die eine nächtliche Überfahrt verhindern wollten.

Zitternd stand sie da ...

Die Hähne krähten immer häufiger in Lutibrod ... im Osten nahm der Himmel eine mattgraue Farbe an ... in einer, in zwei Stunden wird es anfangen zu dämmern ...

Sie schluchzte verzweifelt auf und nahm alle Kräfte zusammen, um entweder das Schloß zu zerbrechen oder die Kette zu zerreißen. Sowohl das eine als auch das andere erwies sich aber als unmöglich.

Erhitzt, atemlos erhob sie sich und blieb verzweifelt stehen ...

Plötzlich bückte sie sich zum drittenmal und erfaßte den Pflock mit beiden Händen, um ihn herauszureißen ... Tief eingeschlagen stand er dort wie angeeist ...

Sie verdoppelte, verdreifachte die Anstrengung ... die von der Sonne verbrannten Arme spannten sich ... ihre Muskeln gewannen die Kraft und Geschmeidigkeit des Stahles ... die Knochen knackten im Übermaß der Anstrengung, und heißer Schweiß ergoß sich über ihr Antlitz ...

Keuchend, übermüdet, als hätte sie eine Fuhre Holz gefällt, erhob sie sich, schöpfte etwas Atem und wieder erfaßte sie den Pflock, mit neuer Kraft und verbissener Hartnäckigkeit fing sie an, ihn nach allen Seiten zu zerren, um ihn herauszureißen ...

Ihre alte Brust keuchte röchelnd ... die Füße drangen bis an die Knöchel in den Sand hinein, und nach halbstündigem schrecklichen

Kampfe zuckte der Block, die Erde lockerte sich, und es gelang ihr endlich, den Pfahl aus dem Boden zu ziehen.

Dumpf klirrte die Kette in der nächtlichen Stille ...

Ilitza seufzte erlöst auf und fiel erschöpft auf den Sand nieder.

Nach einer Weile wiegte sich der Kahn mit der alten Ilitza, dem Kinde und dem Plock auf den schwarzen Fluten ...

5.

An dieser Stelle tritt der Isker aus dem felsigen Engpasse und ergießt sich breit, um zwischen niedrigen und flachen Ufern weiterzuströmen.

Das Boot glitt mit der Strömung dahin, ohne dem von der unkundigen Hand der alten Bäuerin geführten Ruder zu gehorchen. Auf diese Weise gelangte es viel weiter, als die übliche Landungsstelle lag. Ilitza gab sich nur Mühe, nicht an jenem Ufer zu landen, an dem sie eingestiegen war.

Schließlich trieb eine stärkere Strömung den Kahn nach der gegenüberliegenden Seite, und dem Weibe gelang es nur mit größter Anstrengung, Grund und Boden zu erreichen.

Sie stieg ans Land, das Kind auf dem Arme ... kletterte empor und lenkte ihre Schritte dem Walde zu.

Als sie sich der Stelle näherte, wo sie den Aufständischen getroffen hatte, bemerkte sie einen menschlichen Schatten, der sich zwischen den Baumstämmen bewegte. Sie erkannte in ihm den, den sie suchte.

Der Aufständische kam näher heran.

»Guten Abend, mein Junge ... Hier hast du ...«

Mit diesen Worten reichte sie ihm das Brot, wohl wissend, daß er jetzt dessen am meisten bedürfe.

»Ich danke dir, Mutter ...« antwortete er niedergedrückt.

»Warte ... zieh das an ...« und sie gab ihm das Gewand, mit dem das Kind zugedeckt war.

»Ich habe es heimlich aus dem Kloster mitgenommen ... Gott verzeih mir's ... ich habe eine Sünde begangen ...«

Ilitza hatte dieses Kleidungsstück von der Wand genommen in der Meinung, es gehöre dem Knechte. Als es jedoch der Aufständische angelegt, bemerkte sie mit Erstaunen, daß es ein Mönchsgewand war!

»Das ist schließlich einerlei ... ich werde mich etwas erwärmen ...« sagte der Jüngling, indem er sich in die trockene, wollene Kutte hüllte.

Sie gingen zusammen.

Der Aufständische aß schweigend ... er bebte vor Kälte und hinkte stark. Er war ein etwa zwanzigjähriger Jüngling, mager und hochgewachsen.

Um ihn im Stillen des Hungers nicht zu stören, fragte ihn die Frau nicht aus, wer er sei und woher – sie selbst erzählte nur mit leiser Stimme – doch nahm schließlich die Neugier überhand, und sie fragte, woher er komme? ...

Er sagte ihr, daß er nicht aus den Bergen, sondern vielmehr aus der Ebene komme. In jener Nacht war er von seiner Abteilung in den Weinbergen von Wesletz abgeschnitten worden. Von dort aus irrte er umher und hatte sich in großer Angst und unter mannigfachen Gefahren bis hierher geschleppt. Zwei Tage und zwei Nächte hindurch hatte er nichts gegessen, erschöpft wie er war durch das anhaltende Gehen, mit wunden Füßen, im Fieber ... Jetzt ginge er auf die Berge zu, um dort die Gefährten zu finden, oder um sich zu verbergen.

»Mein Sohn, du kannst ja nicht gehen ...« sagte die Frau – »gib mir das Gewehr ... es wird dir leichter sein.«

Und mit der linken Hand nahm sie ihm das Gewehr ab, auf dem rechten Arme trug sie das Kind.

»Komm, komm! ... Nimm deine Kräfte zusammen, mein Junge.«

»Wo soll ich denn jetzt hin, Mutter? ...«

»Wieso denn: wohin? ... Nach Hause ... zu mir! ...«

»Ist's wirklich wahr?! ... Mutter, ich danke dir, du bist gut, Mutter! ...« und der zu Tränen gerührte Jüngling neigte sich und küßte die abgemagerte Hand, die das Kind trug.

»Die Leute kommen jetzt aus dem Schrecken nicht heraus, sie wären imstande, mich bei lebendigem Leibe zu verbrennen, wenn sie es erfahren ...« sagte die Dörflerin – »aber wie könnte ich dich denn hier lassen ... du kannst nicht fliehen ... die Tscherkessen fangen dich – Gott soll sie strafen – auch im Dorfe sind sie ... Wozu war auch das alles nötig, Kinder? ... Bedeutet es denn so wenig, dieses elende Land zu vernichten! ... Totgemacht haben sie euch wie junge Hühner ... Aber du hast ja keine Kraft mehr emporzusteigen ...«

Und sie warf das Gewehr aus der linken Hand in die rechte und faßte ihn mit der linken unter den Arm.

Sie kamen immer tiefer in den Eichwald hinein. Zwischen den Bäumen hindurch sah man im Osten den Himmel immer weißer werden ... das Krähen der Hähne in Tschelopjek war immer deutlicher zu vernehmen ... Die Sterne am Himmel erblaßten.

Schon fing es an zu dämmern und sie waren – nach gewohnter Gangart – noch eine halbe Stunde vom Dorfe entfernt – jedoch so wie der Aufständische ging, konnten sie es selbst in zwei Stunden nicht erreichen.

Die Dörflerin war tief bekümmert, am liebsten hätte sie ihn getragen.

Er schaute sich um.

»Es dämmert schon, Muhme ...« ließ sich seine Stimme vernehmen.

»Das ist schlimm ... wir werden nicht zur Zeit anlangen ...« flüsterte das Weib.

Sie gingen noch ein Stück Weges.

Von drüben drangen schon menschliche Stimmen bis zu ihnen.

Die Dörflerin blieb stehen.

»So wird's nicht gehen, mein Junge ... man muß etwas anderes ersinnen ...«

»Was denkt ihr, Muhme? ...« fragte der Jüngling, der in dieser Unbekannten seine Mutter, Verwandte, seine Retterin und seine Vorsehung sah!

»Verbirg dich im Walde bis zum Abend ... Sobald es dunkel wird, werde ich dich erwarten ... hier ... auf dieser Stelle und dann verstecke ich dich in meinem Hause ...«

Der Jüngling kam zu der Überzeugung, daß dieser Ausweg der allerbeste sei. Die Dörflerin gab ihm das Gewehr wieder.

Und sie verabschiedeten sich.

Da geschah es, daß Ilitza das Kind berührte. Sie weinte auf ...

»O Kind, mein Kind! ... Es ist ja wohl tot! ... Händchen hat's wie Eis! ...«

Der Aufständische blieb stehen wie vom Donner gerührt ... Der Schmerz der Dörflerin ergriff ihn ... er wollte sie trösten, aber kein Wort konnte er hervorbringen.

Jetzt sah er ein, daß er keine weitere Hilfe erwarten konnte von diesem edlen Weibe, dessen Seele ein großer Schmerz zerrissen hatte.

»O Kind! ... Mein geliebtes Kind! ...« schluchzte die Arme, versunken in den Anblick des bleichen Gesichtes ihres Enkels.

Ergriffen, aller Hoffnung beraubt, ging der Aufständische tiefer in den Wald hinein. Und die schluchzende Stimme des Weibes rief ihm nach: »Mein Junge ... verbirg dich gut ... bis zum Abend ... daß ich dich hier finde ...«

Und Ilitza verschwand im Dickicht ...

6.

Als der Morgen anbrach, tauchte die Maisonne am Himmel auf, heiter und rein nach einigen wolkigen und regnerischen Tagen.

Das schöne, langgestreckte Tal, das am Fuße des Schischmanfelsens seinen Anfang nimmt, geschmückt mit dem Frühlings-Maiengrün, durchschnitten von dem sich wie ein silbernes Band windenden Flusse, badete schier in Sonnenstrahlen.

Hier – am Schischmanfelsen endigt der Fluß die Odyssee der Durchgänge durch schmale Engpässe und zahllose Gebirgswindungen, bald zwischen steilen, mit Eichen und Ulmen bedeckten Hängen dahinfließend, bald unter hohen Felsen, die von zahlreichen Grotten durchlöchert sind, Felsen, die sich zu phantastischen Schlössern und Obelisken auftürmen, und die der Kraft der Elemente und der Zeit spotten.

Kaum hatte sich die Sonne am Horizont gezeigt, als türkische Reiterei auf dem Wege erschien und hinter ihr, zwischen dem Getreide eine Unmenge Infanterie, deren Ende nicht abzusehen war. Reiterei und Fußvolk langten bald am Isker an und machten halt.

Das reguläre Fußvolk zählte etwa gegen dreihundert Mann; vor ihm schritten Baschi-Bosuks,[3] mit aller Art Waffen versehen. Den Rest – und dieser bildete den größten Teil – bildeten Tscherkessen, gleichfalls verschiedenartig bewaffnet.

Nach einigen Augenblicken ließ die Reiterei die Tscherkessen vorüber und hielt selbst zur Seite.

Diese lärmende, zusammengewürfelte Menge stand unter der Führung eines berühmten Tscherkessen, Dschambalas, eines grausamen und blutgierigen kaukasischen Räubers. Seine Hand war es, welche die Kugel gesandt, die gestern den Anführer der Aufständischen, Botew, durchbohrt hatte.

Dschambalas hielt zu Pferde dem Walde gegenüber, unweit der Ruinen einer altertümlichen Kirche.

Auf der linken Seite des Waldes erhoben sich unzugängliche Felsen und Schluchten, auf der rechten breiteten sich die Tschelopjeker Felder und Gärten bis zum zweiten nackten Bergrücken aus. Am Abhang des Waldes sah man zwischen Bäumen eine einzige Hirtenhütte, gegenwärtig von ihrem Eigentümer verlassen.

Die Augen aller waren auf den tiefen, leeren, stillen Wald gerichtet, in dem sich der Aufständische barg.

Doch nicht ihn suchte die Abteilung.

---

[3] Baschi-Bosuks (Wirrköpfe) – irreguläre türkische Infanterie, welche sich oft zu Gewalttaten hinreißen läßt, da in ihr keinerlei militärische Zucht herrscht. Anmerk. der Übersetzerin.

Diese Nacht war nach Wratza Kunde gelangt, daß eine Stunde vor Tagesanbruch eine Abteilung Komitas[4] von den Bergen in diesen Eichwald hinuntergestiegen war, aller Wahrscheinlichkeit nach um den Isker zu übersetzen und sich im großen Balan der Stara Planina zu verbergen.

Die Soldaten, angeregt und ermuntert durch den gestrigen Sieg, warteten auf die Befehle, als Dschambalas vom Pferde stieg und mit einigen hervorragenderen Baschi-Bosuks Rat hielt über die Art und Weise des Angriffs.

Er war ein vierzigjähriger Mann von dunkler Hautfarbe, hoch, schwarzbärtig, angetan mit einem schillernden tscherkessischen Gewande, bewaffnet vom Kopf bis zu den Füßen. Seine raubgierigen, wilden Augen glänzten unter der hohen Tscherkessenmütze.

In diesem Augenblick donnerte ein Schuß aus der Hütte, und der vielstimmige Widerhall der Berge wiederholte den Knall.

»Die Komitas! ... die Komitas! ...« rief man.

Alle richteten die Augen auf die Hütte, doch sie bemerkten an ihrem Eingange nur einen Knäuel Rauch, den der leichte Morgenwind über die Zweige trug.

Einen Augenblick lang hielt das Staunen an, dann gab die ganze Abteilung Feuer, das im Walde tausendfältigen Widerhall fand.

Doch plötzlich durch den Rauch hindurch erhoben sich Stimmen: »Dschambalas! ... Dschambalas erschossen! ...«

Dschambalas lag in der Tat auf dem Boden ... Er war gestürzt, eine Kugel hatte seinen Hals durchbohrt, dem Munde entfloß ein Blutstrom. Die Kugel, die aus der Hütte gekommen war, hatte ihn getroffen.

Diese Kunde verbreitete blitzschnell Schrecken unter den Soldaten ... die ganze Abteilung zerstreute sich, und jeder verbarg sich, wo er konnte.

Die Leiche des Anführers trug man schnell hinweg. Die Reiterei verschwand auch sogleich.

---

[4] Komita nennen die Türken jeden Revolutionär, dessen Bestreben dahin geht, das türkische Joch abzuschütteln. Anmerk. der Übersetzerin.

Doch ein zweiter Schuß fiel nicht mehr aus dem Walde.

Nach längerer Zeit – als man aus der ringsum herrschenden Stille und dem tiefen Schweigen folgerte, daß die Aufständischen in die Berge gegangen sein mußten – ließ sich ein Haufe Tscherkessen bereden, in den Wald einzudringen und ihn zu durchsuchen.

Sie fanden unter einer Eiche nur den Leichnam eines Rebellen ... Ein dreißigjähriger Mann war es, mit schwarzem Barte, dem eine Beinwunde mit Lappen verbunden war.

Die Tscherkessen überzeugten sich, daß die Aufständischen in die Berge geflohen waren.

Nachdem Botew gefallen war, verbarg sich ein Teil seines Gefolges – vierzig Mann – unter der Führung des am Bein verwundeten, heldenhaften Pera in den Bergen. Die ganze Nacht hindurch irrten sie in den Gebüschen umher, um schließlich ermüdet, verhungert, halb einschlafend im Gehen, in den Tschelopjeker Wald hinabzusteigen, wo die Aufständischen in einen wahren Totenschlaf verfielen, ohne zu merken, daß man ihre Spur gefunden hatte.

Eine tscherkessische Kugel hatte zufällig Pera getötet. Kein anderes Opfer fand man.

Doch als die Tscherkessen in die Hütte drangen, fanden sie noch eine Leiche.

»Ein Pope! ... Ein Rebell! ...« riefen erstaunt die Tscherkessen.

Ein bartloser Jüngling lag da, den Kopf von einer Kugel durchbohrt.

Er war mit einem Mönchsgewande angetan, der zurückgeschlagene Schoß der Kutte ließ die blutüberströmte Kleidung eines Aufständischen sehen. Aus der von Pulver geschwärztem Wunde konnte man schließen, daß er Selbstmord begangen, nachdem er zuvor Dschambalas erschossen hatte.

Ihrem Gebrauch zuwider schnitten diesmal die Baschi-Bosuks dem Aufständischen den Kopf nicht ab, um ihn auf einer Stange aufgespießt als Zeichen des Sieges herumzutragen ... Der Tod des Anführers war für sie kein Sieg ...

Sie begnügten sich nur damit, die Hütte anzuzünden, in der sie den Leichnam zurückgelassen hatten. Sie rauchte noch abends, als zwei türkische Abteilungen dreizehn Aufständische mordeten, die von den Bergen herniedergestiegen waren, um über den Isker zu setzen.

Ilitza ist längst gestorben. Doch das halbtote Kind blieb am Leben, ist heute ein gesunder und tüchtiger Mann und heißt Major P.

Wenn ihm die verstorbene Großmutter diese Ereignisse erzählte, fügte sie immer hinzu, daß sie nie geglaubt hätte, seine wunderbare Genesung wäre eine Folge des nachlässigen Gebetes jenes zornmutigen Mönches, sondern sie sah in ihr vielmehr eine Belohnung für das gute Werk, das sie zwar nicht verrichten konnte, das sie jedoch aus vollster Seele verrichten wollte ...

Welko im Kriege.

Eine wahre Begebenheit.

Als man ihn zum Militär nahm, versteckte er sich auf dem Heuboden im Stroh ... Der alte Vater ging in die Stadt, um auf dem Amte zu bitten, man möge Welko[5] nicht nehmen, da er der einzige Sohn sei und es niemanden in der Wirtschaft gebe, der die Ochsen weiden und die Saaten bestellen könnte.

Zu Hause blieb nur die alte Mutter, die alle diejenigen, die nach Welko fragen würden, abfertigen sollte.

»Baba Wida ... rufe Welko! ... Er muß in die Stadt gehen ... er ist Reservist ... Er soll das Gewehr mitnehmen ...« sagte ihr der Kmiet.

»Welko ist nicht zu Hause, mein Söhnchen.«

»Mutter Wida! ... vielleicht hat Welko sich versteckt? ...« fragen die Reservisten, die an der Tür vorbeigehen.

»Nein, Söhnchen! ... Wo sollte ich ihn auch verstecken? ... Seit vorgestern weiß ich nicht, wo er ist... Er ist doch kein Nichtsnutz! ... Ihr kennt ihn doch ...«

Doch jetzt kommt Iwan Morisiwina, der Anführer der Reservisten. Er ist bewaffnet von Kopf bis zu den Füßen. Man kennt ihn als einen grausamen Menschen, und alle im ganzen Dorfe zittern vor ihm.

»Großmütterchen! ... Wenn Welko bis morgen früh vor unserem Ausmarsch nicht zur Stelle ist, gebe ich ihm hundert Stockhiebe, sobald ich ihn fasse! ... Merke dir das gut! ...«

»Aber wieso denn! ... *Mich* tötet, sobald ihr ihn findet! ... Er ist doch kein Nichtsnutz! ... Weißt du es denn nicht? ...« murmelt die erschreckte Mutter Wida und denkt an Welko, der auf dem Heuboden sitzt ...

»Hundert Hiebe mit einem Stocke von Knorpelkirschenholz! ... Nicht einen weniger! ...« wiederholte Iwan und ging.

---

[5] Welko, bulgarischer Vorname. Entspricht dem jerwotischen und serbischen Wuk. Bedeutet Wolf. (Im Russischen heißt Wolf = Wolk, im Polnischen = Wilk.)

Und Welko? ... Zitternd wie im Fieber sah er ihm nach durch eine Öffnung, die er im Dache gemacht. Er hatte die Drohung des schrecklichen Morisiwina gehört und war noch mehr erschrocken.

Er glitt rasch in einen Winkel des Dachbodens, kroch ins Stroh und vergrub sich darin bis an den Hals.

Und so blieb er bis zum Abend.

Am folgenden Tag früh am Morgen sieht er durch den Spalt: auf dem freien Platz im Dorf steht eine Menge Reservisten, alles seine Genossen, alle vergnügt, alle in Uniform, und auf ihren mit Herbstblumen geschmückten Mützen leuchten in der Sonne kleine goldene Löwen ... Im Mund halten sie kleine Zweige von Buchsbaum, mit dem sie auch die Gewehre verziert haben ... Patronen, wie Perlen aufgezogen, kreuzen sich auf ihrer Brust ... Und wie die blechernen Feldflaschen, die ihnen an der Seite hängen, sie gut kleiden ... die Sonne spiegelt sich in ihnen! ...

Stille legte sich über die Gruppen. Die Reservisten traten seiner Hütte gegenüber in Reih' und Glied.

Von der Schenke her nahte Iwan Morisiwina. Er trug eine Mütze hoch wie ein Schornstein, an ihrer Seite hatte er eine weiße Feder befestigt.

Er blieb vor den Reihen stehen, sprach etwas zu ihnen, gab mit der Hand ein Zeichen ... sie setzten sich langsam in Bewegung, gleichmäßig, geordnet, und er vor ihnen. Hinter ihnen in bunter Menge die Verwandten und Freunde, die gekommen waren, Abschied von ihnen zu nehmen.

Ein Lied erscholl laut, klangvoll ...

Welko horchte ... er konnte sich nicht satt hören an der süßen Melodie ... und das Lied erfüllte mit seinem Klang das ganze Dorf ... Himmel und Wälder ...

Sie sind gegangen ... verschwunden ...

Von Zeit zu Zeit brachte ihm der Wind Klänge des Liedes, das in der Luft verhallte.

Es ist doch etwas Schönes um den Krieg! ...

In der Brust des dummen Welko erzitterte das Herz ... Er sah an sich hinunter ... bestaubt von oben bis unten, mit Stroh und Spinnweben behangen ... um ihn dumpfer Geruch, Finsternis, Unrat von Mäusen ... und hier und da durch einen Ritz dringen spärliche Sonnenstrahlen ... gleichsam gestohlenes Licht ...

Und dort ... weite Felder, heller Himmel, die reine Sonne leuchtet ... der Fluß im Tale rauscht, Vögel schwingen sich in freiem Flug in die Höh' ... und seine Genossen marschieren durch die grünen Felder und singen ...

Ohne viel zu denken, glitt Welko durch die viereckige Öffnung vom Boden in die Stube, ergriff das Gewehr an der Wand, ging durch den Kuhstall, streichelte den gesteckten Ochsen, küßte den Stern auf dessen Stirn, sprang über den Zaun, auf daß die Mutter seiner nicht ansichtig werde, und lief aufs Feld, als ob ihn jemand jagte.

Die Reservisten marschieren und singen ... Wie Blitze zucken ihre Bajonette in der Sonne ... ihre Standarte flattert wie ein großer Vogel mit ausgebreiteten Flügeln ...

Allen voran schreitet Iwan Morisiwina. Von Zeit zu Zeit wendet er sich zurück, kommandiert und geht langausschreitend wieder weiter mit seiner großen Mütze.

Als Welko sie erreicht hatte, schwieg das Lied, die Reihen lösten sich, und alle fingen an zu schreien, denn nach Welkos Ankunft hatten sie jemanden, den sie vornehmen konnten.

»Umalejtan! ... Umalejtan! ... Wie geht es dir?! ... Was für ein Held du bist! ... Wo warst du denn? ...« riefen die einen.

»Umalejtan ist angekommen! ...« schrien die andern – »jetzt fürchten wir nichts mehr und nehmen den Sultan gefangen! ...«

»Marsch! ... Marsch! ... und lustig sein! ... Marsch! ... Marsch! ... Konstantinopel ist unser! ...«

Und alle Reservisten lachen und blicken neugierig auf Welko Umalejtan, an dem hie und da noch Spinnweben hängen.

Welko wurde rot und schwieg.

Iwan Morisiwina lächelte, aber bald runzelte er wieder die Stirn und rief scharf: »Genug, genug damit! ... Was habt ihr so zu lachen? ... Bravo, Welko! ... Marsch! ...«

Die Reservisten rückten weiter in Ordnung.

Aber bevor sie über die erste Anhöhe waren, hatte man Welko aus Umalejtan in »Unterleutnant« umgetauft.

Abends langten sie in Philippopel an.

Man brachte sie in der neuen Kaserne auf dem Hungrigen Felde unter.

Am folgenden Morgen machte der Offizier die Runde, hörte den Rapport Morisiwinas an und ging.

Welko gefiel es hier gut: die Suppe mit Fleisch, der neue Soldatenmantel und die Gefährten und die Lieder und die Vergnügungen – alles, was das Herz nur verlangte. Er gewöhnte sich an das neue Leben, eignete sich die Gewohnheiten und die Sprache der Soldaten an ... in nichts mehr war er dem ehemaligen Welko ähnlich.

Man ruft zum Appell.

»Hier!« ruft er aus vollem Halse, indem er sich gerade streckt wie eine Saite und dem Vorgesetzten frei in die Augen blickt.

Und die anderen machen sich lustig über ihn.

»Welko ...« rief Iwan Morisiwina, der schon zum Offizier ernannt worden ist – »du hast das Löwchen verkehrt an die Mütze genäht! ... Wilder Kerl! ...«

»Zu Befehl Eure Blagorodie[6] ...« und Welko blickt seinen Vorgesetzten achtungsvoll an.

Jeden Augenblick kommen neue Transporte Rekruten an, die man zur Einübung unter die Reservisten verteilt.

Welko wurden etwa zehn Landleute und fünf Städter zugeteilt. Iwan Morisiwina hatte etwas gegen einen der letzteren und quälte ihn schrecklich.

---

[6] Bis zum serbischen Kriege, d.h. bis zur Abberufung der russischen Offiziere, titulierten die Soldaten ihre Offiziere nach russischer Weise. Gegenwärtig sagen sie: Herr Leutnant, Oberst u.s.f. Anmerk. der Übersetzerin.

Er hatte jetzt die Gelegenheit gefunden, sich zu rächen.

»Welko! ...« ruft er seinen Untergebenen zur Seite.

Und als Welko neben ihm stand, fragte er, indem er mit den Augen auf die in Reih und Glied stehenden Rekruten wies: »Gehorchen sie dir? ...«

»Sie gehorchen, Eure Blagorodie ...«

»Und siehst du dort jenen großen? ...«

»Ich sehe ihn, Eure Blagorodie ...«

»Das ist ein Hundesohn ... das ist ... du verstehst? ... Paß gut auf ... erlaube ihm nicht, sich zu rühren ... wenn er schlecht marschiert, gib ihm einen Fußtritt ... sieht er nicht geradeaus, hau' ihm aufs Maul mit der Faust ... schone ihn nicht ... Vorwärts, daß ich's zu sehen bekomme ...«

»Zu Befehl! ...«

Welko kehrte zu seinen Rekruten zurück, und der Unterleutnant wandte sich der Stadt zu.

Welko begriff nicht, warum der Unterleutnant befohlen, nur den Großen zu schlagen. Manche von den Landleuten sind wahre Löwen während der Übungen, und der Große marschiert am besten nach dem Kommando. Sollte der Herr Unterleutnant sich nicht geirrt haben? Sein Kopf konnte es nicht fassen, aber seit jener Zeit, ohne zu wissen warum, fühlte er sich verlegen angesichts des Großen.

Abends rief Morisiwina ihn in die Kanzlei.

»Welko, wie geht's denn mit jenem Esel? ...«

»Zu Befehl, Eure Blagorodie ...«

»Ist ihm 's Maul geschwollen?« ...

»Durchaus nicht, Eure Blagorodie, er macht seine Sache ordentlich ...«

Der Unterleutnant runzelte die Stirn.

»Höre, du bist ein Kamel. Morgen komme ich während des Exerzierens ... Was er auch tun möge, du wirst ihn in meiner Gegenwart tüchtig ausschimpfen, sonst holt dich der Teufel! ...«

Welko ging erschreckt.

Er hatte bemerkt, daß der Herr Unterleutnant seit seiner Beförderung schlimmer geworden war, und schließlich ... wer weiß ... vielleicht war es so Sitte ...

Am folgenden Morgen kam der Unterleutnant zur Übung mit einer tiefen Runzel auf der Stirn.

Welko fühlte kalten Schweiß perlen.

Sogleich beim ersten Kommando: »Eins, zwei!« trat Welko zum Großen, riß ihn an der Uniform und rief mit dumpfer, schwacher Stimme, als käme sie aus dem Erdboden: »Bitte ... Herr! ...«

Weiter konnte er nichts mehr sagen, er sah den Großen nur stehend an.

Einige Soldaten, die Städter, lächelten unwillkürlich, als sie die bedauernswerte Lage Welkos sahen, der nicht wußte, ob er sich im Himmel oder auf der Erde befand ...

Wütend biß Morisiwina die Zähne zusammen, erblaßte, sprang auf Welko zu und schlug ihn ins Gesicht, daß ihm das Blut aus der Nase stürzte.

Das brachte den Offizier noch mehr in Wut, er rief: »Welko! ... vierundzwanzig Stunden Arrest... ohne Brot! ...«

Schwer war die Strafe für Welko.

Die ganze Nacht hindurch weinte er. Ganz unter ging er in seinem Leid. Er erinnerte sich seiner Mutter, die da schluchzt, wenn sie an ihn denkt ... seines Vaters, dem die Füße bei schwerer Arbeit nicht mehr dienen wollen ... des gefleckten Ochsen im Stalle, der sich jetzt umsieht, ob Welko nicht komme, ihn zu streicheln ... Lange dachte er daran. Zum drittenmal krähten die Hähne, der erste Tagesschimmer fing an, sich durch das Fensterchen hineinzustehlen ... bald wird die Kaserne erwachen, die Zeit der Strafe vorüber sein und er wird wieder zum Exerzieren gehen ... und wieder wird er das gerunzelte Antlitz des wilden Unterleutnantes sehen.

Nein ... er wird heute abend davonlaufen ... sobald es finster wird ... Mag geschehen, was da wolle ...

Indessen, sein Vorhaben konnte Welko nicht ausführen. Man schickte Iwan Morisiwina irgendwohin, und an seine Stelle kam ein vernünftiger und menschlicher Offizier.

Und Welko blieb.

Der erste Offizier bemerkte bald die Tüchtigkeit Welkos, seinen Gehorsam und die herzliche Schlichtheit.

Eines Tages belobte er ihn laut vor der Abteilung für gute Ausführung irgendeines Auftrages.

»Bravo, Welko! ... Du bist ein kühner Kerl! ... Ich wünsche allen, daß sie solche Soldaten werden, wie du einer bist ...«

Welko schien es, als sei er in den Himmel zurückgekehrt. Seit diesem Augenblicke war er bereit, auf jeden Wink des Vorgesetzten zu sterben. Es kam Leben in ihn, und er fing an, die Gefährten auszufragen, ob bald ein Krieg gegen die Türken kommen würde, er hatte nämlich Lust, einige Türken auf sein Bajonett zu spießen. Von Tag zu Tag wurde er kriegerischer.

»Welko ... wirst du in der Schlacht wirklich eine Menge Türken totschlagen? ...« fragten ihn seine Gefährten boshaft.

»Ihre Mütter werden sie beweinen ...«

»Und wie wirst du sie totschlagen? ... Du warst ja noch nie in der Schlacht ...«

»Was ... ich? ...« antwortete der gereizte Welko, er trat zur Seite, faßte das Gewehr fest an – holte aus und durchstach die Luft mit dem Bajonett.

Alle wichen aus, denn der erboste Welko hätte wirklich jemanden auf das Bajonett, dessen Spitze in der Sonne glänzte, spießen können. Unvermutet klopfte ihm jemand auf die Schulter.

Er wandte sich um.

Vor ihm stand sein Offizier und sah ihn halb lächelnd, halb streng an.

Welko stellte sich stramm und war sprachlos vor Scham.

»Ich möchte dich auch vor dem wirklichen Feinde so kühn sehen ...« sagt der Vorgesetzte.

»Zu Befehl, Eure Blagorodie ...«

Es war im Jahre 1885. Am zweiten November (alten Stils, am 14. neuen Stils) führte man das ganze Regiment auf das Hungrige Feld und stellte es in Reih' und Glied. Bald kam der Oberst zu Pferde an und verkündete allen, daß Milan, der König von Serbien, Bulgarien einen ungerechten Krieg erklärt habe und daß abends das Regiment ins Feld zum Kampfe ausrücke, die Grenzen des Vaterlandes zu verteidigen.

Nach dem ersten, unwillkürlichen Gefühl der Befriedigung ob des Krieges mit Serbien (die allgemeine Freude hatte sich auch Welko mitgeteilt) entstand in Welkos Kopf große Verwirrung. Er konnte zwei Dinge nicht fassen: erstens, warum denn die Serben nicht gegen die Türken auszogen, die schlecht und keine Christen sind, und ferner, ob es schrecklich ist, über das Meer zu fahren, wenn man nach Serbien gelangen will? ...

Aber er hatte keine Zeit, es in Erfahrung zu bringen; alle hatten die Hände voll zu tun, liefen hin und her und rafften die Sachen zusammen, denn man mußte in den Bahnzug steigen.

Der Bahnhof ist angefüllt mit Leuten ... Die Mütter nehmen weinend Abschied von den Soldaten... Die Mädchen bekränzen ihre Mützen mit Laub ... andere stecken Fichtenzweige in die Gewehrläufe ... Nur ihn verabschiedet niemand ... niemand klagt, daß er in den Krieg geht ... Sehnsucht erfaßte ihn, aber es gibt keine Zeit: man packte sie in die Abteile, die Musik fing an zu spielen, die Menge verabschiedete sie mit dem Ruf »Hurra! ...« und der Zug setzte sich in Bewegung.

Schon seit zwei Tagen dröhnt das ebene Feld von Sofia vom Kanonendonner wider, der in dem hohen, in seinen Grundlagen erzitternden Witosch sein Echo sucht ... Der Berg hüllt seine erzürnte Stirn in dichte Wolken ein ...

Erschreckt ist gleichfalls das alte Sofia, die bulgarische Residenz ... auf den Straßen Verwirrung und Gedränge ... auf den Straßen Trauer ... und die Herzen – schwer ...

Weiße Fahnen mit roten Kreuzen wehen überall, die Stadt hat sich in ein Spital umgewandelt, Wagen mit Verwundeten langen unaufhörlich an ... und vom Schlachtfeld kommen immer mehr düstere Nachrichten ... der Kanonendonner nähert sich immer mehr, wird immer schrecklicher, die Luft bricht sich, die Scheiben zittern in den Fenstern.

Hinter Sofia, in der Richtung von Sliwnitza, ist die ganze Chaussee schwarz von Militär; sie kommen: aus dem Innern der Rhodoper Sümpfe, von den Ufern des Schwarzen und des Weißen Meeres, von der Donau kommen diese Helden. Die Nächte haben sie zu Tagen gemacht, im Gehen schliefen sie, sie nahmen keinen Bissen in den Mund, und es ist ihnen wohl bekommen! ...

Hörst du? ... sie singen noch als Antwort auf den Donner der Kanonen, obwohl sie bis an die Lippen mit Kot bespritzt sind, nur ihre Gewehre blitzen, und in ihren Herzen herrscht Freude ... Sie wissen, daß Bulgarien auf sie schaut und sagt, was es von ihnen erwartet, sie wissen, daß Bulgarien für sie betet.

So weit das Auge reicht gen Westen, ist der Weg bedeckt mit Infanterie mit aufgesteckten Bajonetten ... eiserne Wagenräder knarren ... sie ziehen schwere Geschütze und Wagen mit Munition ... wenn sie ausweichen, bespritzen sie die ermüdete Reiterei mit Schmutz! ... Aber welch sonderbare Reiterei! ... Zu dreien auf einem Pferd, wie die Soldaten Radetzkis, als sie zum Kampf gen Schipka eilten, dem Landsturm zu Hilfe.

Jetzt ist bei Sliwnitza ein zweites Schipka, und ein Soldat, eine Kugel mehr – kann das Vaterland erlösen... Unsere Helden wissen es, und daher hat ihnen Gott eiserne Kräfte und unsichtbare Flügel gegeben...

Ein schrecklicher Kampf wütet seit einer Stunde auf der ganzen Linie hinter Sliwnitza. Schon seit drei Tagen donnern die Geschütze ununterbrochen, und Millionen Kugeln pfeifen. Dichter, bläulicher Nebel hängt über dem Schlachtfeld und will sich nicht verziehen.

Zusammengedrängte feindliche Wagenburgen dringen von allen Seiten ein und weichen überall zurück. Vorgestern waren sie in dreimal stärkerer Zahl als wir, gestern in zweimal stärkerer, heute sind die Kräfte ausgeglichen.

Der Kampf gärt auf dem linken Flügel, in der Mitte und auf dem rechten Flügel, in dem sich unser Welko befand. Er kämpft für zehn, vollbringt Wunder.

Der Grabhügel, von dem aus die Bulgaren schießen, gehörte gestern den Serben. Nach wiederholter Attacke haben unsere Soldaten die Serben aus dieser Position gedrängt – der Feind zog sich auf die gegenüberliegenden Anhöhen zurück, wo er sich während der Nacht verschanzt hat... Er richtet ein konzentrisches Feuer auf uns und überschüttet mit einem Hagel von Kugeln unsere Position, die niedriger liegt als die serbische ... Die Serben selbst sind unsichtbar ... hier und da tauchen aus dem Rauche die Spitzen schwarzer Mützen auf, und allsogleich verschwindet alles wieder.

Die Stunden vergehen, der Kampf dauert immerfort. Das schreckliche Feuer der serbischen Schanzen steigert sich jeden Augenblick.

Unsere Kompagnie spart die Patronen und schießt nicht umsonst, sie wartet auf das Kommando »Vorwärts!«, um auf die Schüsse mit Bajonetten zu antworten ... Mittlerweile horchen unsere Jungens auf das Pfeifen der Kugeln oder auf das dumpfe Aufschlagen derer, die in die Erde schlagen ... und sobald unsere Artillerie zu donnern anfängt, verfolgen sie mit den Augen die Granaten und rufen: »Hurra! ...«, wenn der Schuß getroffen hat.

Nur Welko allein hört nicht auf zu schießen ... er allein antwortet dem Feind regelmäßig, und daher fallen die meisten Kugeln rings um ihn. Am meisten erboste es ihn, daß er seit gestern morgen keinen einzigen Bissen im Mund hatte ... infolge des unaufhörlichen Feuers konnte das Brot nicht in die Schanzen gelangen. Die Eingeweide Welkos hatten sich zusammengezogen wie die Ringe einer Schlange. Er fluchte zwischen den Zähnen und schoß immerfort ...

Aber – der Hunger erobert die Städte ...

Welko stand auf, richtete sich gerade und fing an, in den Tornistern der Kameraden zu suchen, ob er nicht einen Bissen Brot finden könnte ... Er hörte nicht einmal das Pfeifen der Kugeln, die immer dichter um ihn fielen.

»Leg dich auf die Erde, Umalejtan! ...« riefen alle, entsetzt über die Unachtsamkeit Welkos.

Aber Welko schweigt, richtet sich auf, beugt sich wieder und durchsucht alle Taschen ... endlich findet er ein Stück verschimmelten Zwieback, und hochaufgerichtet beißt er hinein, den Serben zum Trotz ... Eine Kugel pfiff dicht an seinem Munde vorbei und trug den Zwieback weit fort ...

Das war ein großer Fehler der Serben: er brachte Welko in Raserei ... Um sie dafür zu strafen, hob er die Arme in die Höhe und fing aus Leibeskräften an zu schreien: »Hurra! ... hurra! ... hurra! ...«

Hunderte von Kugeln umpfiffen den Rasenden ... Welko zuckte nicht ... »Den Unschuldigen beschützt der Engel« – sagt das Sprichwort ... Die Kameraden glaubten, Welko wäre wahnsinnig geworden, aber sie konnten ihm nicht widerstehen, und auf dem Boden liegend schrien sie beim Kommando Welkos: »Hurra! ...«

Der Anführer der Kompagnie schaute mit Entzücken auf die Unerschrockenheit Welkos; doch das Schauspiel konnte sich jeden Augenblick in eine Tragödie wandeln, und Welko war ein auserlesener Soldat ...

»Welko! ... auf die Erde! ...« kommandierte der Offizier.

Aber als wäre er taub geworden, schwang Welko immerwährend die Arme auf die Serben zu und schrie: »Hurra! ... hurra! ... hurra! ...«

Und die auf dem Boden liegenden Gefährten wiederholten sein: »Hurra! ... hurra! ... hurra! ...«

Sonderbar! ... Die Raserei des Mutes ist ansteckend. Der Ruf Welkos entzündete die Herzen aller ... einige erhoben sich, um es Welko nachzutun ... jetzt war er der wahre Anführer.

Der Kompagniechef zog die Stirn in Falten und rief befehlend: »Umalejtan, ich befehle dir ... auf die Erde! ... Alle auf die Erde! ... Unnötige Opfer will ich nicht!«

»Eure Blagorodie ...« zum erstenmal sprach Welko – »sie fliehen! ... Hurra!«

Der Anführer erhob sich und richtete sein Fernglas auf die serbischen Positionen.

Und wirklich ... die Serben flohen ... Aus dem Ruf »Hurra« hatten sie gefolgert, daß die Bulgaren zum Angriff vorgingen.

Zwanzig Minuten später besetzten bulgarische Soldaten die hohen serbischen Positionen ohne einen einzigen Schuß.

Welko lag drei Monate im Spital infolge einer Wunde am linken Arm, die er bei Zaribrod erhalten; die linke Hand war seit dieser Zeit zur Arbeit untauglich. Er bestellte nach wie vor das Feld und blieb immer derselbe Welko Umalejtan. Die Gefährten nannten ihn noch scherzweise »Unterleutnant«, obwohl sie nicht vergessen konnten, daß er es war, der eine der Befestigungen von Sliwnitza erobert hatte. Auch er vergaß es nicht, bei jeder Gelegenheit erzählte er seine Kriegserinnerungen.

Wenn für den Soldaten die Kaserne die Schule ist, ist der Krieg die Hochschule für ihn. Und – tatsächlich – Welko lernte viele Dinge kennen und verstehen. Nur eines konnte dieser schlichte Bauer nicht begreifen: warum schlug man sich mit den Serben?

Wir weisen Politiker wir haben sofort eine fertige Antwort auf diese äußerst naive Frage ...

Aber es scheint mir, als gäbe es sowohl bei uns als auch bei unsern Nachbarn hunderttausend schlichte Bauern wie Welko, die es bis auf den heutigen Tag nicht verstehen können, für wen dieser Krieg notwendig und unumgänglich war, da sie nur Sonne und Regen zur rechten Zeit brauchten ...

Einfältige Köpfe!

Kommt er zurück? ...

Dichter Nebel und Dunst lag in jenem Herbst über Mietren.

Feucht ist es und kalt, seiner Regen sprüht ... der Himmel scheint sich in Dampf gewandelt zu haben und liegt tief über den niedrigen Hütten des Dorfes.

Auf der in ihrer ganzen Länge und Breite mit Kot bedeckten Straße hört man Lärm und Gerassel. Wagen mit flinken Pferden bespannt, Fuhren von Ochsen gezogen und mit militärischem Zubehör beladen, Fuhrleute und Vieh – füllen den Weg zwischen den beiden Gasthäusern.

Durch diesen Wirrwarr hindurch drängt sich neuangeworbenes Militär: die einen in Soldatenmänteln, die anderen in Pelzen, mit dem Pelzwerk nach außen, fast alle haben grobe, wollene Decken wie Mäntel umgeworfen, an den Füßen lederne, mit Schnüren gebundene Pantoffeln ... Auf der Brust kreuzen sich zwei Reihen Patronen, auf der Schulter halten sie die mit Buchsbaumzweigen geschmückten Gewehre, an denen vollgepackte Beutel hängen.

Kalt ist's, der Schmutz reicht bis an die Knie, ein arges Unwetter ... aber sie singen und singen ununterbrochen ...

Lustige Jungens!

Unter dem Tor der Schenke steht eine Gruppe Offiziere. Durchreisende und schaulustige Dorfbewohner sehen sich die durchnäßten Krieger an.

Vor der mittelsten Schenke haben sich die Weiber, Mädchen und Kinder angesammelt ... in zerrissener Kleidung, alle erschreckt und von Kälte gerötet. Sie begleiten die frisch angeworbenen Soldaten aus Wietren, nehmen von ihnen Abschied und wünschen ihnen »glücklichen Weg« ... Und diese eilen mit ihrem Regiment nach Sofia und von dort aus auf den Kriegsschauplatz.

»Das ist ja Giergiewats Sohn! ... Glück auf, Zwietko!«

»O ... sieh da! ... Raangiel ist vorbeigegangen ...«

»Und dort, Denkowijat ... He, Iwom ... hier ist deine Mutter!«

Schnell gehen Blumen von Hand zu Hand, und Tränen gleiten die Wangen entlang ... Worte bleiben ungesprochen auf den schon geöffneten Lippen ... und die Soldaten gehen und gehen ...

»Monna! ... Da geht unser Batia,«[7] ruft ein Mädchen mit hellen Haaren und rosigen Wangen.

»Batsche! ... Stojan! ...« schreit ein achtjähriges Kind und streckt die Arme nach dem Soldaten aus.

»Söhnchen! ... Söhnchen! ...« ruft die Mutter weinend.

Ein junger, schwarzäugiger Bursch wandte sich auf der Ferse um und trat aus der Reihe. Er küßte die Hand der Mutter, küßte die Geschwister auf die Stirn, nahm die Blumen, die ihm eines der Mädchen reichte, befestigte sie auf der Brust und an der Mütze, und mit schnellen Schritten eilte er zurück, um sich den Gefährten und ihrem Liede wieder anzuschließen.

»Söhnchen! ... Gott sei mit dir und gebe dir Glück! ...« stöhnte die alte Mutter.

»Stojan! ...« ruft das verweinte Mädchen.

Aber ihre Stimmen verloren sich im Wirrwarr. Stojan verschwand in den Reihen, und diese lösten sich im Nebel auf.

Die Mutter sieht hin in der Richtung, in der er gegangen, und kann nichts mehr erspähen ...

Das junge Mädchen hebt den Zipfel der bunten Schürze in die Höhe und verbirgt das Gesicht.

Als die Mutter Stojans nach Hause zurückkam, brach sie in neues Schluchzen aus, öffnete die alte, an mehreren Stellen geborstene Truhe, hob Wäsche und Kleidungsstücke in die Höhe und zog unter denselben eine Wachskerze hervor ... Diese zündete sie vor den Heiligenbildern an, kniete nieder, und betend schlug sie immer wieder und wieder mit der Stirn den Boden.

---

[7] Das bulgarische Volk nennt den ältesten Bruder in der Familie: Batia, Bat'ko; als Kosename gebräuchlich: Batsche. Anmerk. der Übersetzerin.

Währenddessen donnerten die Kanonen bei Dragoman, es war dies am vierten November alten (am sechzehnten neuen) Stils im Jahre 1885.

Einmal des Nachts träumte die alte Cena: ... eine große Wolke ... Soldaten gehen in dieselbe hinein ... auch Stojan war unter ihnen ... Heilige Mutter Gottes! ... Welch Entsetzen! ... Die Wolke dröhnt ... der Himmel kracht, die Erde zittert ... gerade wie wenn es eine Schlacht wäre ... Stojan verschwand in der Wolke ... sie sieht ihn nicht mehr ... Und jetzt! ...

Sie warf sich in den Kissen umher und erwachte.

Ringsum dunkel ... schwarz ... Nur der Wind heult draußen ...

Eine Schlacht! ... Herr Gott, Jesu Christe, beschütze ihn! ... Heiligste Jungfrau, erbarme dich Stojans! ...«

Bis zum Morgen konnte sie nicht mehr einschlafen.

»Vater Peter, was bedeutet eine Wolke? ...« fragte sie früh.

Wolken? ... Es gibt zweierlei Wolken, Cena ... die einen bringen Regen, die anderen schönes Wetter. Wie war die Wolke, von der du geträumt hast?«

Sie erzählte ihm ihren Traum.

Der alte Peter dachte nach ... Er erinnerte sich nicht, ob sich in seinem Traumbuch eine ähnliche Wolke befinde ... Doch als er das erschreckte Gesicht Cenas sah, die angstvoll auf ihn blickte, hatte er Mitleid mit ihr und sagte: »Sorge dich nicht, Cena ... du hast einen guten Traum gehabt! Eine Wolke bedeutet soviel wie Nachricht ... du wirst einen Brief von Stojan bekommen ...«

Das Gesicht des Weibes hellte sich auf.

Nach sechs Tagen erhielt sie einen Brief durch die Vermittlung eines Freiwilligen, eines Freundes Stojans, der serbische Gefangene führte.

Der Brief war von ihrem Sohn. Sie eilte mit ihm zum Popen, damit ihr dieser das Schreiben lese.

Was sie zu hören bekam, war folgendes:

»Mutter, ich schicke Dir dieses eilige Schreiben, um Dich zu benachrichtigen, daß ich gesund bin, und daß wir die Serben besiegt haben. Ehre Bulgarien! ... Ich bin gesund, und Raangiel Stojnow ist gesund, und Onkels Dimitrij ist gesund und sendet seiner Mutter Grüße. Bei den Serben schießen immer ganze Rotten auf einmal und immer eine Salve nach der anderen, aber sie fürchten sich, wenn wir mit ›Hurra‹ auf sie losgehen! ... Nimm den Zwietans meinen neuen Riemen ab, ich habe ihn vergessen, und die Kinder könnten ihn in Stücke schneiden. Morgen laufen wir den Serben durch die Dragomanschlucht nach. Wenn ich wiederkomme, bringe ich Kinia ein Geschenk mit aus Nisch, Dir schicke ich einen Frank, damit Du ihn für Dich verwendest, und dem Radultscho werde ich beibringen, wie die Granaten spielen. Und Dich grüße ich, Dein demütiger Sohn

Stojan Dobrow.«

»Viele Grüße dem alten Peter. Ich wollte ihm einen serbischen Karabiner schicken, aber ich weiß nicht, wie ich das bewerkstelligen soll. Sie tragen weit, aber zielen nicht richtig. Mutter, auch viele Grüße an Stojanka!«

Freude zog in das traurige Herz Cenas ein. Sie schleppte ihre alten Knochen zur Stojanka. Auch dort große Freude ... doch am allermeisten freute sich Radultscho über die neue Musik, die beizubringen ihm der ältere Brüder versprochen hatte.

Als sie auf die Straße trat, sah die alte Cena eine Gruppe Kriegsgefangener und neben ihnen einen bulgarischen Soldaten. Es schien ihr: Stojantscho ist's, so war dieser ihm ähnlich. Aber nein, er ist's nicht. Sie fing an, ihn auszufragen, ob er ihr nicht Kunde bringe vom Sohn, aber ihre Aufmerksamkeit warb abgezogen durch die Kriegsgefangenen, die sie zum erstenmal sah.

»Lieber Gott ...« flüstert sie – »und das sind Serben? ... Das sind ja gute Menschen ... Unselig ihre Mütter ... ob sie wohl wissen? ... He, Jungens, wartet mal!«

Und sie kehrte nach Hause zurück und kam nach einer Weile mit einer Flasche Schnaps heraus. Sie rief die serbischen Soldaten an, daß sie ihnen einschenken wolle.

Der Soldat, der die Kriegsgefangenen bewachte, lächelte und hieß sie stehenbleiben.

»Vielen Dank ... vielen Dank ...« sagten anerkennend die ermüdeten Kriegsgefangenen, die der wohltuende Trunk erwärmt hatte.

»Auch für mich ist ein Tropfen geblieben ... Deine Gesundheit, Baba ...« rief vergnügt der bulgarische Soldat, indem er die Flasche bis zum letzten Tropfen ausleerte.

»Wir sind gute Christen ... sie sind gute Christen ... und führen Krieg miteinander? ...« so wundert sich Cena, indem sie den Davongehenden nachschaut.

Der Friede ist geschlossen.

Weihnachten ist herangekommen ... Die Soldaten fingen an, auf Urlaub zu gehen.

Auch nach Wietren sind schon einige zurückgekehrt. Nur Stojantscho ist noch nicht da – es kommt auch keine Kunde von ihm.

Die alte Cena sorgt sich, Kummer nagt an ihrem Herzen, und böse Gedanken fangen an ihr durch den Kopf zu gehen.

Ein Tag folgt dem andern, und sie schaut fortwährend nach der Gartentür und horcht, ob sie nicht in den Angeln knarrt ...

Raangiel Stojnow ist zurückgekehrt, und Peter Denkowijat und die Gebrüder Stematow sind ebenfalls heimgekommen.

Cena geht von einem zum anderen und fragt ... niemand weiß etwas. Bis zu einer gewissen Zeit haben sie Stojan gesehen, und dann verloren sie ihn aus den Augen.

Ihr ist's, als stürbe ihr das Herz in der Brust ab ... sie geht von Hütte zu Hütte und sucht ihren Stojan.

»Mutter! ... Onkels Dimitrij ist zurückgekehrt!« ruft ihre Tochter Kina ... Sie kommt atemlos von der Gartentür gelaufen.

Cena steht auf und geht Dimitrij entgegen.

»Ich grüße dich, Dimitrij. Wo bleibt denn Stojan? ...«

Aber auch Dimitrij weiß nichts.

»Vielleicht hat man ihn gegen Widyn geschickt ...« fügt Dimitrij hinzu. »Vielleicht hat er einen anderen Weg eingeschlagen ...« flüstert der verwirrte Soldat.

»Mein Gott und Herr! ... wo ist er nur geblieben, der gute Junge?« sagt die Alte seufzend.

Wieder geht sie aus und geht nach der Hütte der Stojanka. Schon an der Gartenpforte zitterte ihr Herz.

»Jetzt wird Stojanka mir sagen, daß sie Grüße vom Stojantscho bekommen hat, und daß er zum Fest heimkommt ...«

Wenigstens Stojanka wird ihr etwas Gutes sagen.

Aber nein, sie schweigt ...

Ihre Augen sind gerötet ...

Das ganze Dorf ist auf den Beinen. Es begrüßt das erste Regiment, das heimkommt.

Mitten auf der Straße, der Hütte Cenas gegenüber, hat man dünne, lange Stangen in den Boden gesteckt, oben zusammengebunden, auf daß sie aussehen wie ein Bogen ... hat duftende Kiefern von den Bergen gebracht und die Stangen mit Reisig umwunden. Ganz oben hat man eine eigens von Bazartschik bezogene Aufschrift befestigt: »Seid gegrüßt, tapfere Krieger!« Alsdann schmückte man das ganze mit dreifarbenen vaterländischen Fahnen. Und so entstand ein Triumphbogen!

Das siegreiche Heer kam und ging.

Vielleicht kommt er erst nach ihnen ... vielleicht hat er beschlossen, am Festabend zu kommen ... Um nichts in der Welt wird er zu den Feiertagen unter Fremden bleiben. Auch jetzt sieht man noch vereinzelte Soldaten ankommen ... der Abend ist noch nicht angebrochen ... Er wird kommen ... Er weiß es, daß so viele wunde Herzen seiner hier harren ...

Also denkt die unselige Mutter.

Am folgenden Tage ging Cena früh am Morgen in die Kirche. Den Frank, den ihr Stojan gesandt, hatte sie gewechselt, nun kaufte sie Wachskerzen und zündete sie vor allen Bildern des Altars an.

Mit erhelltem Gesicht kehrte sie heim.

»Ja, ja ... heut kommt er ganz bestimmt zurück ... Morgen ist das Weihnachtsfest ... jetzt dauert's nicht mehr lange ...« flüstert sie vor sich hin. »Allerheiligste Jungfrau, bringe ihn zu mir ... heiliger Schutzengel! ... Jesu Christe, tröste mich ...«

Kina kommt herangelaufen und verkündet, daß auch andere Dorfburschen zurückgekommen seien.

Die alte Cena runzelt die Stirn ... ihr Antlitz verfinstert sich.

»Ich will nicht, daß du immer gelaufen kommst, wenn andere kommen ... Geh vielmehr deinem Bruder entgegen, wie es andere Mädchen tun ...« gab sie zornig zur Antwort.

»Mutter, auch ich werde mit der Schwester gehen ...« rief Radultscho.

Und die beiden Kinder schlugen den schneeigen Weg ein, der nach der Chaussee führt, und bestiegen den Hügel.

Und die alte Cena blieb in der Gartentür stehen, um den Heimkehrenden zu begrüßen ...

Ein kalter Wind weht von den Bergen. Die Gipfel, Schluchten, die Ebene, alles ist weiß von Schnee. Der Himmel sieht bleiern aus. Schwarze Raben streifen über der Straße dahin oder schreien auf den kahlen Wipfeln der Bäume.

Hier und da auf der Chaussee, die nach der Ichtymaner Schlucht führt, heben sich Gruppen von Mädchen, Frauen und Kindern ab, die den Nachzüglern entgegengegangen sind. Denn die Soldaten kehren noch immer zurück, einzeln – oder zu mehreren.

Kina und Radultscho sind an der ersten Gruppe vorübergegangen, dann an der zweiten und dritten ... sie gehen weiter und weiter. Sie wollen die allerersten sein, die Stojan erblicken und begrüßen werden. Erkennen werden sie ihn sofort, obgleich ihnen der Wind den Schnee, der wieder zu fallen anfängt, ins Gesicht und in die Augen wirft.

Der Weg steigt und verschwindet alsdann hinter der Anhöhe.

Man sieht nichts mehr.

Kina und Radultscho sind auf die Anhöhe gestiegen, ein stärkerer Wind dringt hier auf sie ein.

Auf der Biegung wurden zwei schneeüberschüttete Soldaten sichtbar ...

Nein! ... er ist's nicht! ...

»Heda! ... Kommen noch Soldaten von den Bergen?« fragt Kina.

»Wir wissen's nicht, Mädchen! ... Auf wen wartet ihr?«

»Auf unseren Batia!« gibt Radultscho zur Antwort.

Die müden Wanderer verschwinden.

Kina sieht fortwährend geradeaus ... Sie frieren ... sie zittert und Radultscho zittert, aber: der Bruder kommt heim ... Sie werden auf ihn warten, sonst wird die Mutter böse sein, oder sie wird weinen, wenn sie ihn nicht mitbringen ...

Ein Wagen zeigt sich mit zwei Reisenden, die in große, warme Pelze gehüllt sind. Als der Wagen in ihr Bereich kommt, hält Kina die Pferde an.

»Herr ... kommen noch Soldaten von den Bergen ...?«

»Ich weiß es nicht, mein Täubchen ...« antwortet einer der Reisenden, indem er den Pelzkragen zurückschlägt und voll Staunen auf das Mädchen sieht, das blau vor Frost vor ihm steht.

Der Wagen rollt weiter.

Die beiden Kinder bleiben stehen, als wären sie im Boden festgewurzelt.

Stunden vergehen ... Der Gebirgswind wird immer stärker, er peitscht ihnen das Gesicht, schlägt ihre Kleidung auseinander ... streut Schnee, wälzt sich dahin und – die Kinder stehen und warten ...

Sie bohren die Blicke in der Wegbiegung fest und schauen, schauen, ob sich dort nicht ein lebendes Wesen zeigen wird ...

Plötzlich fängt Kinas Herz heftig an zu schlagen ... Reiterei taucht aus dem Schnee auf und kommt auf sie zu ... So viele Soldaten! ... Gewiß ist auch der Bruder unter ihnen ... Sie wartet, und die Augen fangen ihr an zu brennen, so durchdringend wird ihr Blick ... Wie der Wind kamen die Reiter herangezogen und ritten weiter ...

Kina winkte fortwährend mit der Hand, und es gelang ihr, zwei Offiziere, die etwas hinter den anderen zurückgeblieben waren, anzuhalten.

»Kapitän, kommt unser Batscha auch? ...« fragt sie schluchzend.

Die Offiziere hielten an, und erstaunt sahen sie das Mädchen an.

»Wer ist denn Batscha? ...« fragt der eine.

»Batscha Stojan! ... Unser Batscha Stojan! ...« schreit Radultscho ungeduldig. Er ist erstaunt, wie ein Kapitän, noch dazu in einer solchen Uniform, nicht wissen kann, daß Stojan ihr Batscha ist.

»Was für ein Stojan? ...« wiederholte der Offizier befremdet.

»Stojantscho aus Wietren ...« antwortet Kina in einem Ton, als genügte schon dieser allein, den Fragenden zu überzeugen.

Der Offizier wechselte einige Worte mit seinem Gefährten und fragte teilnahmsvoll: »Ist euer Batscha bei der Kavallerie?«

»Ja ... ja! ...« antwortet das arme Mädchen, das nichts versteht.

»Er ist nicht bei uns ...«

»He ... kehrt ins Dorf zurück ... hier werdet ihr erfrieren ...« ruft ihnen der andere zu.

Die Offiziere gaben den Pferden die Sporen und ritten eiligst ihrer Schwadron nach.

Kina weinte, und auch Radultscho brach ihrem Beispiel folgend in Tränen aus. Ihre Hände und Füße waren ganz steif vor Frost, und die Gesichter waren bläulich.

Die ganze Chaussee bis zum Dorf sah man, sie war ganz leer. Diejenigen, die den Ankommenden entgegengegangen waren, waren heimgekehrt, denn der Abend nahte heran, und der Wind ward immer eisiger. In der Ferne sah man die Reiterei verschwinden, und der Wind trug ihren frohen Gesang bis zu den Kindern.

Da entschlossen sich Kina und Radultscho, nach Hause zurückzugehen.

Die Nacht kam heran ...

Die starren Hände hatten sie tief in die Ärmel hineingesteckt und gingen schluchzend und dachten an die Mutter, die sie an der Gartenpforte erwartete ...

Ein neuer Wagen, mit drei Pferden bespannt, kam die Anhöhe herab.

»Herr ... kommen noch Soldaten? ...«

Der Wagen rollte schnell an ihnen vorbei, es war im Dunkeln weder etwas zu sehen noch zu hören ...

Und der Schneesturm brauste schrecklich ... als antwortete er den Kindern. Er kam vom Westen, vom Schlachtfeld ... von dort, wo er in den Weinbergen bei Pirot heut auch Stojans Grab überschüttete ...

Der Dickkopf.

Der Zug war soeben in die Station eingefahren und sollte sofort weitergehen, denn er hält hier nur zwei Minuten – gerade so lange, als nötig ist, um die Post herauszugeben und aufzunehmen. Die Station ist ganz unbedeutend, und es kommt selten vor, daß ein Reisender ein- oder aussteigt.

Doch heute – wie noch nie zuvor – drängte sich eine große Menge Dörfler und Dörflerinnen auf dem Perron, alle sprachen lebhaft durcheinander ... Die einen verabschiedeten die anderen, nämlich diejenigen, die Blumensträußchen und Buchsbaumzweiglein an den Mützen hatten ...

Es waren dies die Reservemannschaften aus dem anliegenden Dorfe K., die man zu Übungen, die etwa nur drei Wochen dauern sollten, einberufen hatte. Doch falsche Gerüchte von einem nahen Krieg hatten die Dorfbewohner getäuscht, und diese nahmen Abschied von den jungen Leuten, als sollten sie sie lange und vielleicht auch – niemals wiedersehen.

Einen Augenblick versammelten sie sich alle vor dem alten, langen Waggon dritter Klasse, der sich dicht hinter dem Tender befand. Diesen Vorrang verdankt die dritte Klasse vielen traurigen Erfahrungen ... Im Falle eines Unglücks zerbrechen ja die ersten Wagen in Stücke – samt den Insassen, wohlgemerkt! ... und schützen dadurch die hinteren Wagen, für die man teurer zahlt ...

Im letzten Augenblick, als sich der langgezogene Pfiff der Dampfpfeife hören ließ, und die Wagen anruckten, sprang ein schönes Mädchen geschickt auf den Tritt und reichte einem hohen, blauäugigen Soldaten, der sich zum Fenster hinausbeugte, ein Blumensträußchen. Er erfaßte die Blumen, und drückte die Hand des Mädchens heftig.

Der Zug setzte sich in Bewegung, aber die beiden jungen Leute hatten entweder keine Zeit dazu gehabt, oder es war ihnen unmöglich gewesen, auch nur ein Wort miteinander zu wechseln.

Das Mädchen stand da, ganz außer Atem, rot vor Aufregung und verfolgte mit den Augen das Fenster des Waggons, der allmählich in der Ferne verschwand, und in dem der Kopf des blauäugigen Kriegers sichtbar war.

Dann verschwand der Zug hinter einem Hügel.

Die Sonne brannte, indem sie zum Abschied feurige Strahlen auf die schwarzen Berge warf und ging unter.

Durch leere, stille Felder flog der Zug mit Blitzesschnelle. In den Waggons hatte man die Lampen angezündet. Die jungen Burschen öffneten die Bündel mit Vorräten, um sich mit dem zu stärken, was man ihnen mitgegeben hatte ...

Plötzlich ertönte der durchdringende Pfiff der Lokomotive – der Zug hielt.

»Was ist geschehen? ... Ist das eine Station? ...« fragten die jungen Leute, indem sie durch die Fenster in die dunkle Ferne blickten.

Der Zug stand im freien Feld, augenscheinlich hatte ihn irgendein Hindernis aufgehalten.

»Man sieht rotes Licht! ...« ließ sich eine Stimme vernehmen.

Und wirklich, vor dem nächsten Bahnwärterhäuschen hatte man eine rote Laterne auf die Erde gestellt, als Zeichen, daß die nächste Brücke defekt sei, und der Zug hier bis morgen warten müsse, das heißt, solange die Ausbesserungsarbeiten nicht vollendet seien.

»Wer will, kann aussteigen! ...« rief der Kondukteur, indem er die Wagentüren öffnete.

Im Augenblick befanden sich die Soldaten im freien Feld.

Die Reisenden in den anderen Wagen stiegen ebenfalls aus, aber sie nahmen das unangenehme Vorkommnis nicht so gleichgültig und ruhig auf.

»Das ist eine Frechheit! ...« riefen die Herren aus der zweiten Klasse.

Die Reservisten aber ließen sich durch dieses Ereignis nicht aus der Ruhe bringen – es wunderte sie, aber es ärgerte sie durchaus nicht. Es erwachte in ihnen die soldatische Erziehung, deren allererste Pflichten Ergebenheit und Geduld sind.

»Na ... hört mal zu ...« riefen einige – »wir strecken uns im Gras aus! ...«

»Die Herren sollen nur in den Waggons schlafen, damit sie sich nicht erkälten!« spotteten andere.

»Aufs Gras! ... Schlafen wir unter freiem Himmel!«

Kein einziger von ihnen wollte im Waggon bleiben, und während die »Herren« die Wagenfenster schlossen, damit die nächtliche Kälte nicht eindringe, warfen sich die Soldaten ins weiche Gras und richteten die Augen auf die blinzelnden Sterne, die im dunklen Himmelsraum blinkten wie diamantener Sand, und ihre Gedanken schweiften in die weite Ferne, dem heimatlichen Dorfe zu, in dem man ihrer mit gleicher Sehnsucht gedachte.

Nach und nach schwiegen die Gespräche ... alles ringsum ward still. Die Aufregung des Abschiedes und der Trennung von allem, was dem Herzen lieb und teuer ist, verbunden mit der angenehmen nächtlichen Kühle, wiegten die ermüdeten Burschen alsbald in tiefen Schlaf. In der nächtlichen Stille hörte man nur das ruhige Atmen von zwanzig jungen, gesunden Lungen.

Nur Mladen Rajtschow schlief nicht ...

Er war es, dem das junge Mädchen das Blumensträußchen gereicht hatte. Aus seinen Augen, seinen Gedanken wollte die Gestalt des Mädchens nicht weichen. Er sah sie fortwährend vor sich, wie sie ihm im letzten Augenblicke des Abschieds erschienen war: mit gerötetem Gesicht, außer Atem vom schnellen Laufen, mit schwarzen, feurigen, erschreckten Augen, die feucht waren vor Erregung – mit Lippen, rot wie Korallen, auf denen süße, doch ungesprochene Abschiedsworte bebten. Seine Hand preßte zärtlich die Blumen, die sie ihm im letzten Augenblick gegeben, sie zitterte noch vom Drucke ihrer Hand ...

In seiner Seele erwachte ein geheimes, sehnsüchtiges Gefühl, ein heißes Verlangen, jemanden zu sehen ... jemanden etwas zu sagen ... etwas Unbestimmtes, etwas, wofür er kaum Worte finden konnte ... etwas, was ihm wie ein Stein auf der Brust lag.

Es schien, als wären seine Seele, sein Herz, als wäre er selbst dort auf dem Bahnhof geblieben, und als wäre hier ein anderer, ihm unbekannter Mladen.

Seine Qual entsprang daraus, daß er während der letzten Tage Canka nicht gesehen hatte, er hatte sie nur im Augenblick der Abreise erblickt und auch dann nur für wenige Sekunden ... Nicht einmal ein einziges Wort konnte er mit ihr wechseln, und so viel ... so viel hatten sie einander vor der Trennung zu sagen! ... Aber sie war ihm erschienen wie ein Traum, und wieder verschwunden wie ein Traum ...

Es war offenbar, daß das Mädchen heimlich herzugeeilt war, um sich von ihm zu verabschieden ... und daß es erst im allerletzten Augenblick sich zu Hause losgerissen hatte ... Und als sich ihre heißen Blicke begegneten, erstarb ihr Herz in Schmerz und Verzweiflung!

Er selbst war die Ursache, daß man sie zurückgehalten ...

Gestern war er zu ihrem Vater gekommen, zum Milosch Karadschelew, Tschorbadschija,[8] einem stolzen und zornmütigen Bauern, der manchmal ein gutes Herz hatte ... Als er ankam, gab Milosch gerade Gästen das Geleite.

»Baj[9] Milo ... ich rücke morgen mit unseren Reservisten aus und bin gekommen, um Abschied von dir zu nehmen und dich, den Älteren, um deinen Segen zu bitten ...«

Milosch Tschorbadschija geriet in Staunen. Lange Jahre hindurch herrschte Haß zwischen ihm und Mladens Vater, einem verhärteten Aufrührer, wie er es bis zum Tode geblieben, einem sehr eigensinnigen, aber höchst rechtschaffenen Mann. Milosch nannte ihn verächtlich Komita. Seinen Haß trug er vom Vater auf Mladen über, der dessen Eigensinn und die Tollkühnheit sowie die Mißgunst gegen den Tschorbadschija geerbt hatte. Daher gab es dem letzteren

---

[8] Tschorbadschija (türkisch) bedeutet Brotherr, entspricht hier z.B. dem bayrischen »Großbauer«. – Im allgemeinen wird jeder vermögende Mann so genannt.

[9] Baj. vertraulicher Ausdruck. Wird im Bulgarischen angewandt, wenn man weder »Herr« noch »du« sagen will. Anm. d. Übers.

zu denken, warum Mladen zu ihm komme, um Abschied zu nehmen und ihn um seinen Segen zu bitten ...

»Ah! ... Du gehst ... Das ist gut ... Dort werden sie einen Menschen aus dir machen. Der selige Rajtschow hat aus euch lauter Hundesöhne gemacht ... Gott verzeih's ihm ...« sagte Milosch.

»Baj Milo ... sprich nicht schlecht von meinem Vater... Du hast ihn Zeit seines Lebens genug gekränkt!« antwortete Mladen mit bebender Stimme.

»Eh! ... was du sagst! ... War er denn ein Kind? ... Und jetzt, wenn du gehst, so mache, daß du fortkommst!« rief Milosch, indem er einen zornigen Blick auf den Burschen warf.

Mladen wich nicht vom Fleck. Die Grobheit des Tschorbadschija prallte an seiner Hartnäckigkeit wie an einem Felsen ab. Er sagte in entschiedenem Ton: »Ich werde gehen ... Doch bevor ich es tue, habe ich dir ein paar Worte zu sagen, die du gut im Gedächtnis behalten mußt ...«

»Sprich ... wir werden sehen!«

»Wenn ich lebend vom Militär zurückkomme ...«

»Und wenn du nicht Zurückkommst, gibt's noch lange kein Loch im Himmel ...« unterbrach ihn Milosch scharf.

»Immerhin ... *wenn* ich zurückkomme, werde ich dich um die Canka bitten. Denke also daran, daß du sie bis zu jener Zeit nicht jemand anders gibst.«

Als Milosch diese verwegenen Worte hörte, starrte er den Burschen an, um sich zu überzeugen, ob er ihn zum besten habe, aber der Blick Mladens verriet durchaus keinen Scherz, sondern kühne Entschlossenheit.

Da brach Milosch in verächtlichen Zorn aus: »Ah! Du Hundesohn! ... Du willst meine Tochter, aber wer wird dich wollen, du Ferkel?! ... Seht ihn mal ..., er fragt nach dem Popen, wenn man ihn mit Hunden aus dem Dorfe hetzt.«

»Canka will mich! ... Wir lieben einander ...« rief Mladen erregt aus.

Milosch brach in Lachen aus, und indem er die Hände in die Taschen seiner türkischen Beinkleider steckte, drehte er sich um und ging.

»Höre ...« schrie ihm Mladen nach – »denke daran, daß du Canka niemandem geben darfst, bis ich wiederkomme ... sonst lasse ich dich mit Rauch in die Luft steigen!«

»Du Banditensohn! ... Verwünschte Sippschaft! ... Der Sohn eines Komita muß auch ein Komita sein!«

Wie er jetzt im Grase lag, kam ihm das alles in Erinnerung, und tolle Wut kochte in seiner Brust.

Ich töte sie alle und mich dazu, wenn der Alte Canka einem anderen gibt ... dachte er wütend.

Doch bald beruhigten ihn angenehmere Gedanken.

Er sah vor sich sein Heimatsdorf ... Unter dem besternten Himmel ruht es still in tiefem Schlummer ... der Bach rauscht neben dem Zaun von Miloschs Gehöft ... unter den herabhängenden Zweigen alter Weiden, am Ufer des kleinen Flusses, schlummern die Gänschen ... im Hof Stille, nur der alte Birnbaum rauscht ab und zu, und die Bohnenblätter lipeln... unter dem Birnbaum steht ein Schuppen mit einem Webstuhl, und dort ist Cankas Schlafgemach. Alle im Hof schlafen, nur Canka allein wacht, es wacht auch ihr Liebster ... er denkt an sie und seufzt nach ihr ... Wie sie sich freuen würde, vernähme sie plötzlich sein leises Rufen, wenn sie einander wiedersehen und ohne Hindernis nach Herzenslust plaudern könnten von allem, was ihnen im Augenblick der Trennung die Herzen bedrückt ... Was wäre das für eine Freude! ... Sie würde zu ihm herauskommen, wie eine Schlange würde sie ungesehen von ihrem Lager schlüpfen.

Plötzlich blitzte ein Gedanke in seinem Hirn auf: und *wenn* er zu ihr ginge und sie sehen würde? ... Bis zum Morgengrauen sind's noch sechs bis sieben Stunden, Zeit genug, um die Geliebte, wenn auch am Ende der Welt, zu sehen, geschweige denn kaum eine Stunde Weges entfernt! ...

Ohne weitere Überlegung entschloß er sich ...

Jetzt hätte ihn nichts mehr zurückhalten können, er war bereit, durch einen feurigen Strom zu schwimmen, wenn ihn ein solcher von Canka getrennt hätte, er war bereit, Festungsmauern zu stürmen, sollte der Zaun von Miloschs Gehöft sich in solche gewandelt haben.

Die Sterne blinkten schweigend am azurblauen Himmel ... Ringsum Stille ... nur das Schnarchen der jungen Krieger unterbrach sie ... Mladen stand vorsichtig auf und schnellen Schrittes eilte er durch die Felder, an der Bahnlinie entlang.

Bald verschwand er im nächtlichen Dunkel ...

Mitternacht war vorüber, als Mladen, berauscht von dem süßen Zusammensein mit der Geliebten, das Dorf verließ, um zur Station zu gelangen und von dort aus an den Bahnschienen entlang weiterzugehen.

Bisher hatte ihn niemand getroffen, niemand hatte ihn gesehen.

Das Dorf war leer, wie ausgestorben; das freute ihn, er wollte, daß seine Anwesenheit im Dorfe sowie die Ursache derselben für alle ein Geheimnis bleibe. Jetzt erst kam es ihm in den Sinn, daß er ein Vergehen gegen die soldatische Disziplin begangen habe, daß seine Handlungsweise wahnwitzig war, aber nicht hinzugehen, wäre über seine Kräfte gestiegen.

Er eilte vorwärts, die Stunde wußte er nicht, er fürchtete, daß, bevor er den Zug erreiche, der Morgenstern ihn noch im Felde überrasche ... so lief er denn, immer schneller ...

Ein starker Wind hatte sich erhoben und brauste dumpf zwischen den Zäunen und den Nußbaumzweigen ...

Als Mladen bereits ein weites Stück durch das Feld gelaufen war, fiel ihm auf der linken Seite ein starker Lichtschein auf ... Er sah sich um ... in der Ferne sah man auf der Flur gelbe Flammen aus den Garben steigen ... Der Wind trieb sie auseinander, und sie sprangen auf immer neue Garben und Schober über und bildeten zwei Flammenströme ... Die ganze Gegend war in dieses Lichtmeer getaucht ... die Feuersbrunst übertrug sich auf einen sehr hohen Schober ... eine glühende Säule stieg in die Luft, und der immer stärker wehende Wind löste sie in Millionen feuriger Zungen auf.

Plötzlich vernahm Mladen Schritte in der Nähe ... erschreckt schaute er auf und sah zwei Gestalten auf sich zukommen. Zwei Bauern waren's aus seinem Dorfe ... Er sprang behend in die Büsche und eilte gebückt weiter ... Er war überzeugt, daß ihn die beiden Bauern nicht gesehen hatten.

Beruhigt lief er weiter und blieb wieder stehen, um den Brand zu betrachten.

Der Anblick schmerzte ihn ... Wie viel menschliche Arbeit ging hier verloren! In einem Augenblick ward der Wohlstand zu Asche, den der Fleiß erworben, und keine Menschenmacht konnte etwas retten aus diesem Flammenmeer.

Das unterlag keinem Zweifel: dieses Feuer hatte die Hand eines Verbrechers angesteckt! ... Mladen sah dies als ein schlechtes Zeichen für sich an. Er lief schnell, doch der unheilverkündende Feuerglanz folgte ihm überall nach. Als endlich ein Hügel ihn verbarg, wurde es Mladen leichter ums Herz.

Als er an Ort und Stelle angelangt war, lagen seine Gefährten noch in tiefem Schlafe. Er warf sich auf die Erde und schlief neben ihnen in dem Augenblick ein, als sich die blaßrosige Morgenröte auf dem stillen, dunklen Hintergrund des Himmels zeigte.

Die Sonne ging auf, die Brücke war wiederhergestellt worden, und der Zug setzte sich von neuem in Bewegung.

Am Nachmittag langten sie in der Stadt, die das Endziel ihrer Reise war, an.

Am Abend des folgenden Tages rief man Mladen zum Vorgesetzten. Er wunderte sich sehr, warum man ihn rief. Doch sein Staunen ward zum Schrecken, er erblaßte, als er, vor seinen Vorgesetzten tretend, diesem zur Seite Cankas Vater, Milosch, erblickte.

Sollte mich jemand gesehen haben? ... dachte er – Nein ... davon weiß kein Mensch ... Milosch will mich gewiß dessen anklagen, was ich vorgestern gesagt habe. Das wird mir nicht schaden ...

Das Gesicht des Offiziers war streng. – Milosch war rasend vor Wut.

Mladen stand da wie eine Bildsäule.

»Mladen Rajtschow, als ihr bei der defekten Brücke halten muß-tet, hast du dich von dort entfernt?« fragte ihn der Offizier.

Mladen begriff, daß sein Ausflug nach dem Dorfe allen bekannt sei, gewiß hatten ihn die beiden Bauern, die er unterwegs getroffen, erkannt und es mitgeteilt. Er beschloß, nicht zu lügen, sondern die volle Wahrheit zu gestehen und die Strafe mutig zu ertragen. Nur eines wollte er nicht sagen ... kein Wort davon, daß er Canka gese-hen hat! ... Nein, um nichts in der Welt wird er dem Mädchen diese Schande machen. Eher stirbt er, als daß er es sagen sollte. Und so-bald er es beschlossen hatte, wußte er, daß er davon nicht abwei-chen werde. Seine Entschlossenheit wandelte sich in eiserne Wil-lenskraft.

Mladen gehörte zu jenen strengen Bauern – es gab ihrer viele bei uns –, die einen harten, unbeugsamen Charakter haben. Im letzten Kriege versetzten sie alle in Erstaunen durch ihre übermenschliche Geduld und seltene Selbstbeherrschung, die fast an Gefühllosigkeit grenzte, dies vor allem unter dem Messer des Chirurgen.

Auf die Frage des Vorgesetzten antwortete Mladen kurz, daß er im heimatlichen Dorf gewesen sei.

»Was hast du dort gemacht?«

Mladen schwieg.

»Du lügst! ... Du bist nicht in unserem Dorf gewesen! ... Du warst auf unseren Feldern!« schrie Milosch wütend.

Das war für Mladen eine große Überraschung.

Augenscheinlich wußte niemand um seine Zusammenkunft mit Canka. Das freute ihn. Aber warum war Milosch so in Zorn? ... Wa-rum war er hergekommen? ... Ihm war das alles unbegreiflich.

»Was hast du auf den Feldern Miloschs gemacht?« fragte der Of-fizier, der von der Ansicht ausging, daß er nicht einmal zu fragen brauche, warum er nach dem Dorf gegangen sei, war er doch fest überzeugt, daß Mladen dort nicht gewesen war.

Jetzt erst begriff Mladen, wessen man ihn anklage. Die nieder-ge-brannten Schober gehörten Milosch, und dieser verdächtigte ihn der Brandstiftung ... eines so schrecklichen Verbrechens! Der Gedanke empörte ihn, aber ruhig sagte er: »Ich war im Dorf. Auf den Feldern Miloschs war ich nicht und hatte dort auch nichts zu suchen.«

Vor seinen Augen standen plötzlich die beiden Bauern. Gewiß, die hatten ihn in diese Pein versetzt.

Die Stirn des Offiziers verdunkelte sich.

»Und warum hast du gestern gegen Milosch Drohungen ausgestoßen?« fragte er, indem er auf Milosch wies.

Entsetzt richtete Mladen seine Blicks auf Milosch.

»Warum stellst du dich jetzt so blöde?« rief Milosch aus. »Frage ihn, frage, Herr Offizier, ob er nicht gesagt hat, daß er mich mit Rauch wird in die Luft steigen lassen?«

»Antworte!« befahl der Offizier.

»Ich habe es gesagt!« antwortete Mladen.

Diese aufrichtige Antwort verwunderte den Offizier und – gefiel ihm sehr. Mladen gewann seine Teilnahme, aber unglücklicherweise sprachen alle Umstände gegen ihn. Der Offizier hegte keinen Zweifel, daß er den tatsächlichen Anstifter des Brandes vor sich habe.

»Führe ihn auf die Wache!« befahl er dem diensttuenden Soldaten.

Als man Mladen hinausgeführt hatte, wandte sich der Offizier zu Milosch: »Sonderbar, der Bursche sieht gar nicht aus wie ein ...«

»Eh, das ist ein vollendeter Lump, Herr Kapitän ... Hat er es dir nicht eingestanden wie in der Beichte? Der Sohn eines Komita! ... könnte er denn anders sein!« unterbrach ihn Milosch lebhaft.

Der Offizier sah ihn streng an und verließ die Stube.

Man fügte sich den verpflichtenden Gesetzen und übergab den Verbrecher den Zivilbehörden.

Niemals lag ein ähnlicher Fall so klar da; niemals hatte man in einer Prozeßsache so schnell Stellung nehmen können, und niemals fällten die Richter ihr Urteil mit reinerem Gewissen ...

Die Beweise der Schuld Mladens waren so klar, so überzeugend, daß selbst der Rechtsanwalt, der seine Verteidigung übernommen hatte, den jungen Burschen, obgleich er fortwährend leugnete, dennoch für schuldig hielt. So beschränkte er seine Verteidigung nur auf die Bitte, mildernde Umstände anzuerkennen und somit die Strafe herabzusetzen.

Mladen wurde zu drei Jahren Gefängnis verurteilt.

Schon über fünf Monate seufzte Mladen im Gefängnis.

Eines Tages geriet der junge Gefangene in große Verwirrung, als er hinter einem Wachtmeister der Gendarmen den Vater Cankas seine Zelle betreten sah.

»Mein Junge!« rief Milosch, und er war ganz außer Atem – »Sei guten Mutes! Man wird dich aus dem Gefängnis entlassen! ... Du bist unschuldig, mein Kind ... der verdammte Stano hat meine Schober angezündet ... er selbst hat es gestanden. Na. .. komm nur schnell!«

Mladen war ganz erstaunt und schenkte diesen Worten keinen Glauben. Der Wachtmeister aber bestätigte Miloschs Worte, indem er den Befehl des Kreisgerichtspräsidenten, der Mladen die Freiheit wiedergab, verlas.

»Söhnchen ... kannst du mir verzeihen, daß ich dir so viel Böses zugefügt? ... Ich bitte dich um Verzeihung!« sagte Milosch demütig, fast unter Tränen – »Warum hast du nicht die Wahrheit gestanden? Du siehst, was wir dadurch angerichtet haben!«

»Ich sagte es doch, Baj Milosch, daß ich Euer Feld nicht einmal gesehen hätte ...«

»Na, jetzt glaube ich's ... Aber als dich die Richter fragten, warum hast du nicht gesagt, wo du warst, und wer dich im Dorfs gesehen hatte?«

Mladen dachte nach... Er wurde rot und erwiderte: »Warum ich es nicht gesagt habe? ... wegen Canka ...«

»Wieso denn? ... Wegen Canka?«

»Ich bin ins Dorf gegangen, um Abschied von Canka zu nehmen ... damals schworen wir's uns, daß wir einander heiraten würden ... Konnte ich wohl den Namen Cankas nennen, konnte ich sie verdächtigen?«

Er schaute Milosch gerade in die Augen – doch diesen überkam anstatt des Zornes ein anderes Gefühl.

»Das war's also! ... Kind ... ihr liebt einander wirklich, du und Canka? ... Darum also ist sie so finster seit jener Zeit ... aber nicht ein einziges Wort hat sie gesagt ... Na, na... küsse mir die Hand und bitte, daß ich sie dir gebe ... Es sollen sich alle freuen!«

»Du tust gut daran, Milosch, denn ich hätte sie mit Gewalt genommen, wie es sich einem Soldaten ziemt ...« rief Mladen aus, indem er seine Hand küßte.

»Und wenn ich sie jemand anders gegeben hätte, hättest du bei mir Feuer angelegt?«

»Na, na, Baj Milosch... Du kennst mich!«

»Von nun an nenne mich Vater, verstehst du? Vater ... irre dich nicht, Komita!« rief scheinbar streng der lächelnde Milosch aus, indem er ihn zum Gefängnistor hinausführte.

Dem Wunsche des beglückten Milosch gemäß fand die Verlobung Mladens mit Canka noch an demselben Abend statt – die Hochzeit acht Tage später.

Als im Dorf die Hochzeitsmusik erklang, verbreitete sich zugleich die Nachricht von dem Ausbruch des serbisch-bulgarischen Krieges.

Am folgenden Tag rückte Mladen aufs Schlachtfeld hinaus.

Nichts halfen die Bitten und Tränen der jungen, verzweifelten Frau. Mladen ließ sich nicht erweichen. Auf die Bitten Miloschs gab die militärische Behörde Mladen einen einwöchigen Urlaub – aber er bestand auf seinem Willen, indem er sagte: »Meine Frau, meine Familie, mein Schatz, mein alles ist jetzt mein Vaterland, solange der Feind sich in ihm befindet.«

Und er ging von einer Hochzeit zur anderen – zur blutigen.

Und er kam nicht wieder ... Er ließ sein mutiges Leben auf den Anhöhen von Caribrod.

Als Andenken an ihn hatte Canka ein einziges Söhnchen, ein schönes, blauäugiges Engelchen. Es schrie, was die Lungen hielten, und war eigensinnig wie der Teufel.

Oftmals – wenn der Enkel dem Großvater die Hände zerkratzt hatte – sagte der Alte, indem er des Kindes rundes Gesichtchen küßte: »Der ganze Vater! ... Ein reiner Komita! ... der Dickkopf!«

Paul Fertig.

Alle in Hissaria kannten ihn.

Er ging neuankommenden Gästen bis zu dem alten römischen Festungstor entgegen und begrüßte sie freudig mit Sprüngen und lustigen Witzen. Er belustigte sie auch nachher, so gut er konnte.

Darum kannten alle Paul Fertig, mochten ihn gut leiden und gaben ihm Trinkgeld.

Paul Fertig war ein achtzehn- oder zwanzigjähriger Jüngling. Er war schwachsinnig, halb verrückt, unschädlich, immer im Schuß, oftmals witzig und stets vergnügt. Sein abgerissener Anzug und sein ganzes Aussehen erweckten Mitleid.

In seinem ungewaschenen, schmalen Gesicht glänzten zwei große, schwarze Augen, in denen beständig der Ausdruck einer durch nichts begründeten Freude lag. Er war vergnügt ohne alle Ursache, zu Scherzen aufgelegt, stets bereit, etwas Eigenartiges, Unerwartetes, Dummes oder sehr Tiefes zu sagen; stets bereit zu allen Dienstleistungen, mochten sie sein, welcher Art sie wollten, stets aufmerksam, wenn man seiner bedurfte, stets bei der Hand, um eine Überraschung zu bereiten und zum Lachen zu bringen – ward er bald der Liebling der in Hissaria weilenden Badegäste. Sein knabenhaftes Geschwätz, seine wunderlichen Plaudereien, die oft eine beißende Ironie bargen, belustigten und gingen von Mund zu Mund, belebten die Zusammenkünfte und Unterhaltungen ...

Ein besonderer Gegenstand seiner Anzüglichkeiten waren junge und schöne Damen. Für die »leichtsinnige« Damenwelt war Paul besonders gefährlich ... Er witterte und beförderte ans Tageslicht alle zärtlichen Idyllen, die sich in Hissaria abspielten und Geheimnis bleiben sollten, und die seine dummdreiste, lange Zunge zur Beute ahnungsfähiger Geister machte.

Paul Fertig stammte aus dem kleinen Städtchen S..., wo er nur die Mutter, ein im tiefsten Elend lebendes Weib, das ihn dem Schicksal überlassen, besaß. Er hatte auch einen Bruder, der indessen verschollen war.

Übrigens lebte Paul Fertig von den Trinkgeldern, die er für seine Sprünge und für die Belustigung der Badegäste erhielt. Er trug ihnen die Badewäsche, ging zu Fuß nach Karlow, um Besorgungen zu machen, begrüßte die Neuankommenden und verabschiedete die Abreisenden ... er lief, bediente, sang, schlug Purzelbäume, stand auf dem Kopf, und Nickelmünzen, halbe Frankstücke und oft auch Franken fielen in seine Mütze.

Paul Fertig besaß die besondere Gabe, den Gang des Zuges nach-zuahmen. Nachdem er »Fertig« gerufen hatte (zu rumelischen Zei-ten gebrauchten die Kondukteure diesen *deutschen* Ausdruck), pfiff er durch die Finger und setzte sich in Bewegung, zuerst langsam, dann immer schneller, wobei er die Laute »Schuch-schuch, schuch-schuch«, die das Schnauben der Lokomotive nachmachen sollten, ausstieß. Alsdann wurde der Lauf und das Schnauben allmählich geringer, und der Zug langte auf der Station an ...

Kein Wagen mit Badegästen verließ Hissaria ohne Verabschie-dung durch Paul, der im Augenblick, da sich die Pferde in Bewe-gung setzten, die Mütze den Abfahrenden hinhielt und seinen Lieb-lingsruf »Fertig« schrie.

Dies zur Erklärung, warum man Paul »Fertig« nannte.

Indessen, trotz der nie aufhörenden Trinkgelder, ging Paul immer abgerissen, barfüßig, hungrig und gab keinen Heller aus. Sein zer-rissener Anzug war erbettelt, und den Hunger stillte er mit spärli-chen Abfällen von fremden Tischen. Er schlief am Ende des Dorfes in einer Hütte, die aus Pfählen, Brettern, Blechstücken und Mais-stauden hergerichtet war. Manchmal nächtigte er auch unter den Ladentüren, in einen zerrissenen Kittel eingehüllt, ohne Bedürfnis-se, ohne Sorgen, abgemagert, schmutzig, zufrieden wie ein zyni-scher Philosoph.

Man wunderte sich über seine Sparsamkeit und sein Zigeunerle-ben. Manche dachten, daß er das Geld irgendwo einnähe oder in der Erde vergrabe – doch waren das nur Vermutungen ... Für alle war es jedoch ein Rätsel, wo er es hintat ...

Oftmals fragte man ihn danach.

»Fertig! ... was machst du mit dem Geld? ... Hebst du es für deine zukünftige Frau auf? ... Wo steckst du's denn hin?«

»Dorthin! zum Herrgott schicke ich die Napoleons ... Juchhe! es lebe das Schweizer Königreich! ... Fertig!«

Der Name Schweiz bildete für ihn den ganzen Vorrat seiner Kenntnisse der alt- und neuweltlichen Geographie. In seinem Kopfe war dieser Name eng verbunden mit dem Begriff alles dessen, was schön, edel und gelehrt ist in der Welt.

Wenn irgendein schönes Mädchen oder eine schöne Dame vorbeiging, rief er: »Eine echte Schweizerin! ... Ach, ach, wie schön sie sind! ...«, was das Gesicht der Vorübergehenden erröten machte.

Auch ich hatte die Ehre, bei Paul gern gesehen zu sein, weshalb er auch mich einen Schweizer nannte. Er gab mir diesen Titel, wenn er – an mir vorübergehend – die Mütze hinhielt ...

Doch oftmals, wenn er uns mit seinen Dummheiten und Torheiten belustigte, erfaßte mich das Gefühl unwillkürlicher Trauer. Dieser zwanzigjährige Junge, ein Narr, von der Natur geistig vernachlässigt, der Spott aller Faulenzer und Nichtsnutze, stand vor mir da wie ein schmerzliches, ungelöstes Rätsel, wie ein Vorwurf gegen die Heiterkeit, die das allergrößte Unglück, das die menschliche Seele treffen kann, hervorrief. Und diese arme, kranke Seele Pauls hatte ihr Gleichgewicht für immer verloren, da sie der Stütze, die der Verstand gibt, beraubt war, beraubt aller Lichtstrahlen, in Dunkel getaucht ... sie war nur fähig, zu lachen und Gelächter hervorzurufen, das nicht einmal dem Mitleid erlaubte, sich zu offenbaren.

Fühlte er sich glücklich oder unglücklich? ...

Lebten in der Tiefe dieser Seele außer der unbewußten Neigung zu groben Scherzen, außer niedrigen Anzeichen tierischer Habsucht, lebten in ihr höhere, menschliche Gefühle? ... Das war nicht zu erraten. Wahrscheinlich waren sie nicht vorhanden. War er sich der Lage, in der er sich befand, bewußt? ... Litt er darunter? ... Denn dies Bewußtsein schien dazusein. Aber er war ja immer vergnügt und heiter! Er war immer lustig und zu ewigen Narreteien und Possenreißereien verdammt, verdammt, dem Gelächter und der Spottsucht der Menschen Nahrung zu geben, und das alles, um ein Trinkgeld zu verdienen, von dem er nicht einmal Gebrauch machte ...

Es ereignete sich indessen etwas, was ein helles Licht auf diese rätselhafte Seele warf und Paul in meinen Augen hob.

Einmal stand ich in der Tür eines Kaffeehauses und rauchte einen Papyros. Ich hatte die Augen auf altertümliche Mauern gerichtet, die am Himmel durch die Zeit zerrissene Umrisse hinzeichneten, und von denen der Geist vergangener Zeitalter und ergrauten Altertums auf mich herabwehte.

Plötzlich hörte ich die lustige, lachende Stimme Pauls.

»Wen suchst du, Paul?«

»Dich, aber ich sehe mich um, ob sich hier nicht noch ein zweiter befindet ...«

»Warum?«

»Damit's keinen Dummkopf hier gibt ...«

»Fürchte dich nicht! ... Hier sind nur zwei Schweizer, du und ich ...« sagte ich lächelnd.

Paul fing an, in der inneren Brusttasche des abgerissenen Rockes etwas zu suchen.

»Kannst du *à la franca*[10] schreiben?« ... und er streckte mir einen grauen Briefumschlag ohne Aufschrift entgegen.

»Was ist das für ein Brief?«

»Nach dem Schweizer Königreiche. Fertig!« und er vollführte einen Sprung.

Er reichte mir den Umschlag.

»Schreibe hier *à la franca* den Namen meines Bruders«

»Gut, aber wohin soll der Brief gehen?«

»Nach dem Schweizer Königreiche. Der lahme Matin hat ihn inwendig geschrieben, aber außen kann er es nicht ... Ein Krautkopf!«

---

[10] à la franca = mit lateinischen Buchstaben, in diesem Fall französisch. Anmerk. der Übersetzerin.

»Ah! ... nach der Schweiz? ... Ist dein Bruder dort? ...« fragte ich, und plötzlich wurde es mir klar, warum die Schweiz so hoch in Pauls armem Gehirn stand.

»In welcher Stadt?« fragte ich weiter.

»Schreib Freiburg!«

Ich erfüllte seinen Wunsch und schrieb die Adresse in französischer Sprache. Es wunderte mich, wie Paul sich dieselbe so gut merken und sie so gut aussprechen konnte.

»Ach! ... Du bist ein echter Schweizer ...« lobte er mich.

»Was macht dein Bruder dort?«

»Na ... er lernt in der Schule ...«

»Was lernt er denn?«

»Doktor ...«

»Das ist sehr gut.«

»In diesem Jahre wird er Doktor und kommt dann zurück, um die Menschen gesund zu machen. Jeden Kranken wird er kurieren ...«

Darauf schlug er zwei Purzelbäume, erfaßte den Brief und wollte gehen.

»Warte ... wohin läufst du?«

Er wies auf das gegenüberliegende Kaffeehaus. Auf einer Veranda saßen einige Damen und Herren.

»Ich muß hin, den Zug nach Philippopel abgehen zu lassen. Fertig!« Und sein bleiches Antlitz lächelte glücklich, und in seinen Augen glänzte freudige Ungeduld.

»Was schickst du deinem Bruder? ... Grüße?«

»Grüße! Aber Grüße allein taugen nichts ...«

»Und wer hilft deinem Bruder?«

»He?«

»Hat dein Bruder Geld?«

»Ach, woher denn!«

»Er hat vielleicht ein Stipendium bekommen?«

»Was ist das?«

»Gibt ihm der Staat Geld?«

»Der liebe Gott!«

»Wieso denn der liebe Gott?«

»Nicht der liebe Gott ... aber es ist so, als ob ...!«

Ich sah ihn erstaunt an, und er rief: »Fertig!«

»Paul, warum antwortest du nicht vernünftig ... warum stellst du dich so dumm?« schalt ich ihn.

»Habe ich es dir nicht gesagt? ... Fertig ... Fertig ... Fertig! ... Schuch-schuch, schuch-schuch!«

Und er lief zu der gegenübersitzenden Gesellschaft.

Abends traf ich mit dem Kaufmann Matin, einem Verwandten Pauls, zusammen. Ich fragte ihn, ob ich das verdrehte Gerede Pauls richtig verstanden habe. Zuerst wollte Matin nicht mit der Sprache heraus, schließlich gab er mir Aufklärung.

»Er wird böse sein, denn er hat mir aufgetragen, das Geheimnis zu bewahren, um seinem Bruder keine Schande zu machen, aber Ihnen werde ich's sagen. Um die Wahrheit zu gestehen, unterhält er den Bruder schon seit zwei Jahren von der Bettelei, wie Sie sehen ... Der ältere Bruder hatte anfänglich Geld gehabt, aber es hat sich erschöpft, und er hätte das Studieren unterbrechen müssen ... Als Paul das erfuhr, sagte er: ›So darf es nicht sein! ... er muß vollenden, was er angefangen! ...‹ Er gibt keinen Heller aus, alles schickt er hin. Er plagt sich, springt von früh bis spät, und alles nur darum, um aus dem Bruder einen Menschen zu machen ... Brüderliche Liebe, Herr! Ein Narr, aber weit gewissenhafter als jene, die das vollkommene Bewußtsein ihrer Pflichten haben ...«

Diese Worte Matins wurden übertäubt von lautem Bravoklatschen und Gelächter, das aus dem anliegenden Kaffeehause drang, wo Paul tolle Purzelbäume schlug und auf den Händen, die nackten Füße nach oben, herumging ...

Naum.

Bad Mehadia (Herkulesbad) liegt wie eingebettet in ein prächtiges, grünes Karpathental. Hohe und waldige Berggipfel umgeben malerisch diesen schönen und reichen ungarischen Badeort, durch den in schlangenartigen Windungen das kleine Flüßchen Czerna strömt, den Fuß des felsigen Damogled bespülend.

Außer diesen wenigen slawischen Namen ist hier alles fremd: deutsch, ungarisch oder walachisch.

Im Jahre 1895 verbrachte ich dort einen Monat zur Kur. Oder vielmehr ich nützte die wundervolle Lage dieses Gebirgswinkelchens aus: einsame Spaziergänge im Wald, durch dessen Kronen die Klänge des Kurorchesters drangen, waren meine tägliche Unterhaltung und Wonne.

Schließlich freilich ward ich auch dieser Spaziergänge, der Musik und der schönen Aussichtspunkte überdrüssig. Ich fing an, mich nach Bulgarien, nach bulgarischer Sprache, bulgarischen Gesichtern, nach bulgarischer Luft zu sehnen. Die Sehnsucht nach dem Vaterland steigerte sich, je mehr der Augenblick der Abreise heranrückte. Niemals ist uns das Heimatland teurer, als wenn wir fern von ihm weilen. Und um wie viel stärker empfindet das der Verbannte! Ich war kein Verbannter, und dennoch ähnelte meine Sehnsucht den Qualen jener Bedauernswerten.

Endlich, als mich der Zug der Donau zuführte, atmete ich aus voller Brust auf.

In Orsova mußte ich zwei Stunden lang auf das Belgrader Dampfschiff warten, das mich nach Lom-Palanka[11] bringen sollte. Orsova[12] ist ein kleines Städtchen in sehr schöner Lage, am linken Ufer der Donau, die mit durchsichtigen Fluten den Sockel der serbischen Felsen bespült. Indessen hatte mir eine halbe Stunde genügt,

---

[11] Lom-Palanka, Stadt in West-Bulgarien, an der Mündung des Flusses Lom in die Donau.

[12] Alt-Orsova, auf der ungarischen Seite, im Gegensatz zu dem serbischen Neu-Orsova. Beide Orte am Eisernen Tor der Donau. Anmerk. der Übersetzerin.

um mich an diesen Wundern zu sättigen, und die Zeit bis zur Ankunft des Dampfschiffes wurde mir sehr lang ...

Ich ging ungeduldig am Ufer auf und ab, an einer ganzen Reihe von Schenken, Kaffeehäusern, kleinen Läden und Gasthäusern entlang, in denen sich die Silhouetten von armen Fischern, Trägern aus dem Hafen, Landleuten abzeichneten, und lauschte auf das Gemisch der ungarischen und walachischen Sprache, die hier die unbestrittene Herrschaft haben.

Aus einer Garküche drang der Geruch geschmorter Fische zu mir, für die auch ich, wie viele Sterbliche, eine gewisse Schwäche habe. Ich bemerkte, daß ich hungrig war, und anstatt eine halbe Stunde zu warten, bis die Essenszeit in der nahen Restauration anbrach, ging ich in die Garküche, setzte mich auf eine Bank und verlangte Fische.

Wie groß war aber mein Erstaunen, als der Gastwirt, ein beleibter Mann mit dunklem Gesicht, einem Kellner bulgarisch zurief, daß er mir Fische reiche!

»Und habt Ihr auch guten Wein?« fragte ich bulgarisch.

Der Schankwirt sah mich darob verwundert an, verließ das Büfett, an dem er Speisen für die Gäste zubereitete, und trat mit freudigem Blick zu mir.

»Ah! ... sind Sie ein Bulgare?«

Und dem folgten ein Händedruck und Begrüßungen und herzliche Worte, als wären wir alte Freunde.

Nach so langer Pause entzückte mich die bulgarische Sprache, so wie mich die Unterhaltung mit dem Landsmann entzückte. Aber mein Wirt war noch mehr ergriffen und freute sich wie ein Kind über diese Begegnung. Er wußte nicht, wie er mich bewirten, wie er mir Vergnügen machen sollte.

Er befahl, daß man mir einen anderen Fisch, besser als den, den ich bestellt, bringe – ließ aus dem Keller Wein, der nur für Auserwählte bestimmt war, reichen, ordnete noch andere Speisen an, und er selbst setzte sich zu mir, um mir einzugießen, um zu plaudern, zu erzählen.

Und er vergaß seine anderen Gäste ...

Binnen kurzem kannte ich den ganzen Lebenslauf des gastfreien Wirtes.

Naum stammte aus Ochrida in Mazedonien. Noch zu türkischen Zeiten kam er hierher und fing diesen Handel an, durch den er reich geworden. Seit dieser Zeit war er nicht wieder in seinem Vaterland gewesen; doch hatte er seiner nie vergessen und beschlossen, in diesem Jahre einen Abstecher nach Ochrida zu machen, um seine Verwandten zu besuchen – unterwegs wollte er in Sofia aussteigen, um sich an dem freien Bulgarien zu erfreuen.

In Sofia besaß er einen Bruder, seines Zeichens Zimmermeister. Er fragte, ob ich ihn kenne – ich kannte ihn nicht –, und bat, ihm Grüße zu überbringen.

Alsdann kamen wir auf die Politik zu sprechen: wir sprachen von der türkischen Tyrannei, von der Befreiung Mazedoniens, von der Lebensfähigkeit Bulgariens ... Der Gedanke an das Vaterland, das er ein Vierteljahrhundert lang nicht gesehen, belebte sein Antlitz, in seinen Augen lag Glück und kindliche Freude, wahrscheinlich weil er mir in diesem fremden Land und unter fremden Leuten seine teuersten Gedanken und Gefühle für seine liebsten Angelegenheiten mitteilen konnte.

Ohne daß ich mich dessen versah, verging die Zeit, und die Stunde der Abreise kam heran.

Ich erhob mich und wollte zahlen. Naum ließ mich jetzt nicht einmal zu Worte kommen. Nein, auf keinen Fall ... Von mir Geld anzunehmen, sah er als eine Kränkung an ... So dankte ich ihm denn herzlich.

Er begleitete mich zum Schiffe, trug mir nochmals Grüße an seinen Bruder auf und sprach die Hoffnung auf ein baldiges Wiedersehen in Sofia aus, wo wir uns gelegentlich seiner Durchreise treffen sollten.

Im Hafen warf das Dampfschiff schon dichte Rauchwolken aus. Ich eilte nach dem Schiffahrtsbureau, um eine Karte zu kaufen. Dort aber hatte ich eine große Unannehmlichkeit. Es stellte sich heraus, daß ich nicht genug Geld bei mir hatte. Ich hatte mich geirrt, als ich in Mehadia die Berechnung meiner Kosten bis Lom-Palanka aufstellte: es fehlten mir acht österreichische Gulden, das ist ungefähr ein Napoleondor.

Überrumpelt von diesem unvorhergesehenen Zufall, dachte ich nach, was tun ...

Das Dampfschiff sollte im nächsten Augenblick abgehen, und ich mußte unter Umständen zurückbleiben.

Es wurde mir kalt bei dem Gedanken, daß ich in diesem Nest zwei bis drei Tage, bis das Geld von Sofia anlangte, sitzen sollte. Mir von Naum Geld zu leihen, kam mir nicht in den Sinn. Es erschien mir heikel und unpassend ... es hätte auf den braven Mazedonier einen üblen Eindruck machen und in seinen Augen auf mich einen unerwünschten Schatten werfen können ... Vielleicht täuschte ich mich, aber ich hatte keinen Mut, von ihm einen derartigen Dienst zu verlangen.

Plötzlich trat Naum lächelnd zu mir.

»Eilt Euch ... eilt!« rief er, indem er auf den Dampfer wies.

So war ich denn genötigt, ihm die ganze Wahrheit zu enthüllen. Als ich ausgeredet, nahm er das Geld, das ich in der Hand hielt, ging ins Bureau und kam mit einer Schiffskarte zurück.

Diese Güte rührte mich, ich dankte ihm in warmen Worten mit dem Versprechen, die acht Gulden sofort zurückzuschicken.

»Gib sie meinem Bruder,« antwortete er, »und eile!«

Der Dampfer durchschnitt die schwarzen Donauwellen, und ich stand lange Zeit auf dem Deck und schaute auf Naum, der mir mit der Hand zum Abschied winkte.

Da fiel mir ein, er habe ja nicht einmal nach meinem Namen gefragt – es genügte ihm, daß ich ein Bulgare war ...

Mit großer Mühe gelang es mir, in Sofia den Bruder Naums, der Petko hieß, zu finden. Dieser war durch die Nachricht von der bevorstehenden Ankunft Naums erfreut und betrübt zugleich ...

Aus dem Gespräch mit Petko erfuhr ich einige Einzelheiten aus dem Leben Naums, die die Biographie dieses mir so sympathischen Menschen ergänzten.

Naum unterhielt in Ochrida die Familie eines verstorbenen Bruders und sandte dorthin alljährlich fünfzig Gulden für die St. Naums-Kirche. Nur bei diesen Gelegenheiten erhielten seine Verwandten Briefe von ihm.

Auch wir – Petko und ich – befreundeten uns. So oft wir einander begegneten, plauderten wir ein wenig, und ich erinnerte ihn immer daran, ja nicht zu vergessen, Naum zu mir zu führen, damit ich seine Gastfreundschaft erwidern könne.

Leider sollte mir diese Freude nicht zuteil werden. Naum reiste durch Sofia während meiner Abwesenheit. Wir sollten uns bei seiner Rückkehr nach dem St. Georgs-Tag sehen.

Während der Karwoche ließ ich Petko wegen einigen Reparaturen im Hause zu mir rufen. Er kam mir verändert und schweigsam vor. Meine ersten Worte waren: »Gibt es keine Nachrichten vom Bruder?«

»Wir haben welche ...« sagte er kurz, indem er mit der Kelle Kalk auf die gesprungene Wand warf.

»Wird er hier durchfahren nach St. Georg? Er hat es versprochen.«

»Er ist schon gefahren, Herr.«

»Wieso denn?« rief ich erstaunt.

»Er ist in die andere Welt hinübergefahren.«

»Was ... Naum ist gestorben?«

»Sie haben ihn getötet ...«

Und er erzählte, wie Naum vor einem Monat aus Bitolia, wo er Geschäfte hatte, zurückkehrend von Arnauten angefallen wurde.

»Warum ist er nach unserem unseligen Vaterland zurückgekommen!« schloß Petko, und Tränen strömten ans seinen Augen.

Und er machte sich wieder an die Arbeit.

Ich konnte kein Wort hervorbringen. Ergriffen sah ich auf den Schmerz Petkos, und erst jetzt fiel mein Blick auf seinen Hut ... Ich bemerkte einen Kreppstreifen daran ...

In den Pirynen.

Schön sind unsere Pirynischen Gebirge.[13] Wie hoch die das ganze Jahr mit Schnee bedeckten Gipfel, wie grün die Täler, wie schaurig die Kiefernwälder, wie wunderbar die mannigfachen Schönheiten!

Im Sommer sind die weiten Almen angefüllt mit wollhaarigen Herden, fette Kühe erfüllen die Luft mit ihrem Gebrüll ... weidende Pferde mit glänzenden Mähnen wiehern, und in der Ferne läßt sich die Pfeife des Schäfers vernehmen, belebt mit ihrem Widerhall die Abgründe und die verlorenen Lichtungen, erheitert die Berge ...

Klare, kühle Bäche stürzen von steilen Felsabhängen, winden sich durch duftende Täler und rauschen so süß, so sanft, als ob sie sängen ...

Wenn du dort hinaufsteigst auf den schneeigen Gipfel, der hoch im Himmel steckt, wirst du weit und breit Berge und Täler, die Ströme Struma und Wardar,[14] die schöne mazedonische Landschaft und gen Süden hinter Berggipfeln das Weiße Meer erblicken, und hebst du die Augen in die Höh' – wirst du Gott sehen! ...

Wunderbar sind diese Pirynen samt ihren Wüsten!

Wir besuchen sie zur Winterszeit, da in ihnen Schneestürme und schreckliche Orkane herrschen, die wie die Hölle heulen und auf die Pfade und in die Schluchten tiefe Schneewehen schleudern.

Sie ähneln alsdann einem Königreich von Gräbern. Und hungrige, raubgierige Wölfe schleichen auf dem weißen Schnee dahin, nur ihre Augen glänzen in der Dunkelheit.

Wehe dem Reisenden, der des Nachts zur Zeit eines solchen Sturmgewitters irreginge! ...

---

[13] Der Pirynische Balkan im nördlichen Mazedonien, bulgarisch: Piryn-Planina, türkisch: Iryn-Piryn.

[14] Flüsse in der Türkei, die ins Ägäische Meer münden. Struma (Karasu), der alte Strymon, entspringt auf dem Lülüngebirge, westlich von Sofia; Wardar kommt vom Schar Dagh (Skardus), einem Gebirgsstocke der westlichen Balkanhalbinsel. Anmerk. der Übersetzerin.

Es war in einer solchen Nacht – am Vorabend von Christi Geburt, in dem Gebirgsdorfe R. In der Hütte des Diado[15] Laska erwartete die Familie in großer Ungeduld die Rückkehr Klims. Klim, der Sohn des alten Laska, war des Morgens nach Mielnik gegangen, um Weihnachtsgeschenke für die Mutter, für seine junge Frau und das zweijährige Kind zu kaufen. Er sollte allerspätestens im Zwielicht wiederkommen, und mittlerweile war es dunkel geworden, die Nacht legte sich über die Erde, und noch war er nicht da ...

Wie drohend und schrecklich der Orkan rast! ... Er schlägt an die Fenster, rüttelt an den Türen und wirft das Strohdach auseinander ...

Man sollte meinen, Räuber hätten die Hütte angefallen und wollten mit Gewalt in sie eindringen.

Und den Hausbewohnern erstirbt das Herz in Angst und Unruhe. Bei jedem Schlag ans Fenster horcht die junge Frau auf, ob es nicht Klim ist, der heimkommt ...

Aber nein ... Klim kommt nicht, nur der Sturm wütet ... Und, o Gott! wie finster es ist ...

Das Kind, das sie in der Nähe des Herdes, auf dem das festtägliche Mahl kocht, niedergelegt hat, weint, erschreckt durch den rasenden Wind.

»Still, Kindchen ... still ... Väterchen wird kommen und dir Spielsachen mitbringen ...«

Das Kind beruhigt sich bei diesen Worten und richtet seine beglückten, wenn auch in Tränen schwimmenden Äuglein auf die Mutter und fragt: »Väterchen? ... Spielen?«

»Spielen ... spielen ... Ja, du wirst spielen, Gatschko ... Väterchen kommt ...«

Sie zeigt ihm die Tür, die unter den Druck des Sturmes bebt und ächzt.

---

15 Aus Achtung vor dem hohen Alter geben die Bulgaren jedem grauhaarigen Mann den Titel »Diado«. Dieses bedeutet etwa »Greis« oder »Großvater«, »Alter«. Da die beiden ersten Worte nicht passen, das dritte im Deutschen oftmals nichts mit Ehrfurcht zu tun hat, wird die bulgarische Benennung beibehalten. Anmerk. der Übersetzerin.

Es seufzt im Winkel auch der vom Alter und von schweren Gedanken niedergedrückte Diado Laska. Er denkt an Klim und stöhnt dumpf, denn diese Verspätung prophezeit nichts Gutes. Die Berge sind voll von Raubtieren, die Nacht schrecklich, der Schneesturm hört nicht auf ... Haben denn nicht im vergangenen Winter Wölfe den Knecht Govanows aufgefressen ganz dicht am Dorfe, und lagen nicht drei andere vergraben unter Schneewehen? ... An blutgierigen Tieren fehlt's hier nicht ... in dieser elenden Türkei! ...

Laska verbirgt die Unruhe tief im Innern und wagt nicht einmal mehr zu stöhnen, um die weinende Schwiegertochter und das Kind nicht zu erschrecken.

»Was schluchzt ihr denn und weint?« fragt er düster, doch plötzlich fällt es ihm wie ein Stein auf die Brust, und er bricht ebenfalls in lautes Weinen aus ...

Es stieß jemand die Tür auf.

Die alte Laskowiza tritt herein. Sie kehrt aus der Kirche zurück, wo sie eine Kerze vor dem heiligen Min angezündet, damit dieser ihren Sohn vor Unglück behüte.

»Ist er noch nicht da?« fragt sie angstvoll.

Anstatt aller Antwort bricht das junge Weib in Tränen aus.

»Guter Gott, was geschieht nur mit dem Jungen?« stöhnt die Alte und tritt vor das Bild, vor dem ein Lämpchen brennt.

Und dort schlägt sie einmal um das andere mit der Stirn den Boden und hört nicht auf, sich zu bekreuzen. Und der Kessel mit dem Festessen brodelt lustig ... aber alle haben seiner vergessen.

Mitternacht naht heran ... Niemand wagt sich zu bewegen ...

Das Feuer fängt an zu erlöschen ... Der Kessel schweigt.

Die Hofpforte, die aufs Feld führt, steht offen ... die Hütte liegt am Ende des Dorfes ...

Der Sturmwind stöhnt unaufhörlich, als heulten die Wölfe ... Kalte Schauer durchfliegen alle ...

Gott ... Gott ... welch schreckliche Nacht! ...

Klim hatte sich unterwegs verirrt.

Der Schneesturm hatte alles verweht: Schluchten, Hügel, Wege und Felder. Bei schönem Wetter war er von Hause fortgegangen, und jetzt ...?

Ganze Stunden lang irrt er in den Pirynen herum und weiß nicht, wo er sich befindet, wohin er geht, und was ihm zustoßen wird ...

Eines nur wußte er, daß er weit, weit von seinem Dorfe war, in unbekannter Gebirgseinöde, im Königreich der reißenden Tiere und der Vernichtung.

Die Nacht ist hell vom Schnee, doch sein Auge bemerkt nichts, was Mut einflößt, nichts Menschenähnliches, nichts, was vom Leben spräche, weder Hütte noch Dorf noch Schutz. Sein Dorf liegt in einer Vertiefung, und selbst wenn er ihm nahe wäre, vermöchte er es nicht zu sehen. Die Berge ringsum öde, weiß, schrecklich, wie ein Toter, den man mit einem Leichentuch zugedeckt ...

Wohin geht er? ... Er läuft ins Ungewisse dahin, um nur nicht zu erstarren ... Der Orkan peitscht seinen Rücken, heult hinter ihm, klagt, stöhnt und lärmt wie die Teufel beim Hexensabbat ...

Klim läuft vorwärts, immer nur vorwärts, und die Wüste wird immer grenzenloser, grabähnlicher ...

Er weiß, daß die Seinigen seiner harren und sich martern! ... Gott, wird er es noch erleben, sie zu sehen?! ... Doch wer entkommt lebend aus diesem Abgrund?! ...

Er fühlt, daß er erstarrt, daß er bald erfrieren muß, begraben werden in einer Schneewehe ... Es wird nicht einmal jemand wissen, wo sich sein Grab befindet ...

Und sein Weib? ... Und Gatschko! ...

Der Orkan heulte schrecklich auf und unterbrach seine Betrachtungen.

Plötzlich bemerkt er in der Dunkelheit schwarze Schatten, die leise über den Schnee gleiten.

Was ist das? ... Wölfe? ...

Es ist ihrer eine ganze Herde, von rechts kommen sie auf ihn zu, heulend ...

Er stürzt zur Seite ... Die hungrigen Bestien eilen ihm nach mit wildem Geheul.

Wie lange er lief, er weiß es nicht mehr ... Vor ihm war es leer, nackt, eine einzige Schneefläche.

Plötzlich bemerkt Klim, daß etwas vor ihm flimmert ... helle Punkte glühen vor ihm auf. Die Herde hatte eine Abteilung ausgeschickt, um ihm den Weg abzuschneiden ... Er sieht einen schrecklichen, uuvermeidlichen Tod vor sich ...

Da stürzt er wie rasend in einer neuen Richtung nach links ... einen steilen Abhang hinab, die Wölfe hinter ihm her ...

Zweimal verwickelt er sich in seinen langen Gurt, der aufgebunden hinter ihm hergeschleppt, und fällt.

Als er unten zur Besinnung kommt, bemerkt Klim mit Freude, daß er sich in einem Dorf befindet ... Was für eines es ist, ein pomakisches[16] oder christliches, daran denkt er nicht einmal, denn die Raubtiere setzen ihm nach, folgen ihm auf den Fersen ... Er stürzt durch das erste Hoftor, das augenscheinlich der Sturm geöffnet, und läuft auf das Fenster zu, hinter dem noch ein Licht brennt.

Und die Wölfe immer hinter ihm her ...

Klim stößt heftig die Tür auf und stürzt in eine unbekannte Hütte ...

Er atmet auf ... Eine bulgarische, christliche Hütte sieht er ... Heiligenbilder, vor ihnen eine brennende Lampe ... das flackernde Licht glimmt noch ... Aus dem Schatten springen ihm Leute entgegen ...

Erstaunt schaut er sich um, wo er sich befindet.

Und jetzt erkennt er, daß er in seiner eigenen Hütte ist.

Die Vorsehung leitete seine Schritte zum eigenen Herd, während er dachte, daß er sich in gerade entgegengesetzter Richtung befände.

»Väterchen! ... Weib! ... Steht auf!« ruft er, indem er die Tasche mit den Weihnachtsgeschenken abnimmt.

---

[16] Pomaken – zum Islam übergetretene Bulgaren, besonders im Rhobopegebirge. Anmerk. der Übersetzerin.

Wie irre schreien sie auf und stürzen auf ihn zu, ihn zu begrüßen.

»Söhnchen, wo bist du denn hingeraten in diesem schrecklichen Sturmwetter?« flüstert beinahe bewußtlos der Greis, und wie ein Kind weint er auf.

»Das Sturmwetter ist groß, aber Gott ist noch größer, Vater ... Kommt, kommt alle, gehen wir in die Kirche. Hört ihr das Schlagbrett nicht?«

In diesem Augenblick schwieg das Wetter, das Schlagbrett ließ sich vernehmen ...

Christus ist geboren! ...

Alsbald verließ die glückliche Familie die Hütte und ging nach dem Gotteshause.

Und der Kessel mit dem Essen begann wieder lustig am Feuer zu brodeln! ...

Diado Jozo schaut ...

Wenn wir unserer Väter, unserer Großväter und Verwandten gedenken, die in die andere Welt hinübergegangen sind, vor der Befreiung unseres Vaterlandes, bevor die süßen Strahlen der Freiheit vor ihren Augen aufgeflammt, dann geht es uns oft durch den Sinn: wie groß wohl ihr Erstaunen und ihre Freude wäre, wenn sie durch irgendein Wunder vom ewigen Schlaf in ihren Gräbern erwachen, von dort aus auf die Erde zurückkehren und um sich schauen würden ... Wie betäubt würden sie sein von all dem, was ihnen im Leben unbekannt war und unwahrscheinlich vorgekommen sein würde. Wie fremd müßten sie sich nun darin fühlen!

Indessen sie werden nicht von den Toten auferstehen, diese unseligen Seelen unserer Verwandten, sie werden nicht auferstehen, um sich an den Wundern der Freiheit zu erfreuen, auf die wir mit unseren Augen gleichgültig blicken, und die sie nicht einmal zu ahnen wagten in ihren kühnsten Träumen ...

Nein! sie werden nicht auferstehen ... Keiner der Unsrigen ist ja von den Toten auferstanden.

Und dennoch gab es einen Menschen, der am Vorabend des Befreiungskrieges gestorben war und der auferstand ... nein ... der aber das Staunen des von neuem zum Leben Erwachenden empfinden konnte, der das befreite Bulgarien schaute, ohne die Enttäuschungen zu fühlen, die unser Anteil sind, die wir leben und sehen ...

Dieser Mensch war ein vierundachtzigjähriger Greis, Diado Jozo.

Er lebte in einem Gebirgsdorf, das aus ungefähr zwanzig Hütten bestand, die in der stillen Schlucht der Stara Planina oberhalb der Isker-Klissura[17] nisteten.

Dieser Diado Jozo, ein einfacher, aber geistig entwickelter Mensch, hatte das harte Leben eines Sklaven hinter sich, ein Leben voller Lasten, Schrecklichkeiten und Hoffnungslosigkeiten. Er hatte

---

[17] Die Stara Planina, oder der nordwestliche Teil des Balkangebirges; die Isker-Klissura heißt die Stromenge des Isker durch den Balkan; sie hat eine Länge von ungefähr siebzig Kilometern. Anmerk. der Übersetzerin.

das Unglück, im sechsundvierzigsten Lebensjahre im heimatlichen Dorf plötzlich das Augenlicht zu verlieren, kurz vor dem Ausbruch des russisch-türkischen Krieges.

Er blieb am Leben, doch er starb bei Lebzeiten für die Welt, mit dem ungestillten, heimlichen Verlangen, das »Bulgarische«, wie er das freie Bulgarien nannte, zu sehen.

In seiner Seele lebten Bilder aus der dunkeln Vergangenheit. In seinem alten und doch frischen Gedächtnis wogten ganze Schwärme von Erinnerungen aus dem Sklavenleben, schreckliche und böse Erinnerungen. In seinen Gedanken sah er deutlich das, was er einst mit seinen Augen geschaut; in der Dunkelheit, die ihn umgab, sah er klar und deutlich die roten Fesse, Turbane, die Knuten ... wüste Türken mit wilden Gesichtern ... eine lange sklavische Nacht, ohne einen Schimmer von Freude und Hoffnung ... In ihr war er geboren, in ihr starb er.

In diese damals unzugängliche Balkan-Wüste gelangte der Widerhall des Krieges nur schwach. Die Kämpfe waren fast beendet, ohne daß er sich in der weltfernen Isker-Klissura durch das Echo des Kanonendonners bemerkbar gemacht.

Bulgarien ward befreit. Und auch Diado Jozo wurde frei ... man sagte es ihm damals.

Doch er war blind, er sah diese Freiheit nicht, er konnte sie auch nicht empfinden.

Die Freiheit lag für ihn in den Worten: Die Türken sind nicht mehr da! ...

Und er fühlte es, daß sie nicht mehr da waren.

Doch es verlangte ihn, das »Bulgarische« zu sehen, damit sich seine Seele erfreue.

An seinen schlichten Nachbarn, den Bauern, in ihren Gesprächen, ihren Gedanken, in den Kümmernissen des täglichen Lebens empfand er nichts besonders Neues. Immer dieselben Leute, dieselben Leidenschaften, derselbe Haß, dasselbe Elend wie früher. Er hörte in diesem weltentlegenen Erdwinkel denselben Lärm und Zank in der Schenke, denselben Dorfklatsch, dieselben Kämpfe mit den Bedürfnissen und der Natur.

»Wo ist denn das ›Bulgarische‹?« fragte er erstaunt, wenn er im Schatten der grünen, schiefgewachsenen Eichen saß und verträumt, mit leblosen Blicken in die Ferne schaute.

Wenn er das Augenlicht hätte wie ein Adler, würde er hinfliegen, um zu schauen, wie die neue Welt aussieht.

Das muß man sagen, jetzt sollte ich Augen haben! ... dachte er mit Bitterkeit.

Das freie Bulgarien zu sehen, war ein Wunsch, der ihn nie verließ. Dieser Gedanke schob alle anderen in den Hintergrund. Der Wirrwarr des Lebens, das ihn umgab, ließ ihn gleichgültig, er nahm keinen Anteil an ihm ... alles darin war so wenig bedeutend, so nichtig und gewöhnlich!

Er fürchtete zu sterben, bevor er verstehen würde, was das »Bulgarische« ist, und mehr noch fürchtete er, vor Altersschwäche die Vernunft zu verlieren, bevor er dieses wunderbare Etwas kennen gelernt hätte ...

Einmal – im fünften Jahre nach der Befreiung – verbreitete sich im Dorf – wer weiß auf welche Art – die Nachricht, daß der Vorsteher der Okolija kommen sollte.

Die Nachricht brachte Leben in das Dorf.

Auch das arme Herz Diado Jozos schlug stärker, seine Seele wiegte sich in einem süßen Rausche, wie er ihn bis dahin nie gekannt ...

Jetzt sollte er schon wirklich das »Bulgarische« sehen, er sollte diesen Vorsteher kennen lernen! ...

Er fragte nach allen Seiten hin, um sich einen Begriff zu machen, was das für ein großer Mann sei. Weltgewandtere Bauern sagten ihm, der Vorsteher sei etwa wie der Kaimakam, wie der Pascha.[18]

»Aber ein bulgarischer Pascha?« fragte er, atemlos vor Erregung.

»Ein bulgarischer, was für einer denn sonst? ...« antwortete man ihm.

»Ist das ein Unsriger? ... ein Bulgare?« fragte er wieder erstaunt.

---

[18] Pascha, unter anderen in der Türkei Titel der Mutessarive, das heißt Gouverneure zweiter Klasse. Anmerk. der Übersetzerin.

»Möchtest du, daß es ein Türke sei, Diado Jozo?« entgegnen ihm teilnahmsvoll die Bauern, die schon längst Kreisvorsteher und noch anders größere Männer in Wratza, ihrer Kreisstadt – denn keiner von ihnen war bisher in Sofia gewesen – gesehen haben.

Doch Diado Jozo begnügt sich mit dieser Antwort nicht. Er fragt noch, wie der Vorsteher gekleidet sei ... wie er gehe ... ob er einen Säbel trage? ...

Man antwortet ihm: »Ja, er trägt einen Säbel.«

Und er seufzt vor Freude.

Ich werde ihn sehen, sobald er kommt ... denkt sein alter, zitternder Kopf.

Der Vorsteher kam und stieg bei Denko ab.

Denkos Hütte war sozusagen die anständigste im Dorf. Sie war einstöckig, mit Ton bestrichen, hatte kleine Fenster, von denen eins sogar mit Vorhängen versehen war ... eine kleine, schmale Treppe führte von außen hinein. Diese Hütte war vom Dorf für den Empfang des hohen Gastes bestimmt.

Auch Diado Jozo eilte nach Denkos Hütte, klopfte mit dem Stock an das geflochtene Tor und rief: »Denko, ist der Gast hier?«

Als Denko ihn sah, umwölkte sich seine Stirn.

»Er ist hier, Diado Jozo. Warum kommst du her? ... Der Vorsteher ist müde ... laß ihn jetzt in Ruhe.«

»Aber sage ihm doch, er möge nur für einen Augenblick herauskommen!« erwidert der Greis und stößt mit seinem Stock auf dem Hof herum, denn er strebt der Treppe zu, die zu dem niederen Stockwerk führt.

»Warum bist du so eigensinnig? ... Für wen und wozu suchst du den Vorsteher?« fragt der Hauswirt.

»Für niemanden ... für mich selber ... nur so ... Sage ihm, Diado Jozo, der Blinde will ihn sehen ...«

»Ihn sehen?« lächelt Denko bitter und sagt: »Du wirst ihn so sehen, wie du dein Gesicht im Brunnen stehst.«

Aber der Greis beharrt bei seinem Willen. Er stößt mit dem Stock schon auf der ersten Treppenstufe herum, und sein alter Kopf zittert.

Der Bauer ging zum Vorsteher, um ihn zu benachrichtigen, daß ein blinder und kindischer Greis ihn sprechen möchte.

»In welcher Angelegenheit?« fragt der Vorsteher.

Und als ihm Denko berichtet hat, fügt er hinzu: »Um mich zu sehen? ... Ein Blinder, sagst du?«

»Er ist blind seit fünf, sechs Jahren ...«

Und er erzählt, wie Diado Jozo unerwartet das Augenlicht verloren habe, gerade als die »Brüderchen« kamen.

»Er war ein ziemlich vernünftiger und gescheiter Mensch ...« setzt Denko hinzu – »aber die Hand Gottes hat ihn getroffen, und wer weiß aus welchem Grund ... Jetzt schaut er, aber sieht nicht ... Es ist so, als wäre er tot ... Warum Gott ihn nicht zu sich nimmt? ... Es ist gut, daß er ein kleines Vermögen hat ... eine Wirtschaft, Vieh ... so pflegen ihn der Sohn, die Schwiegertochter. Und sie pflegen ihn gut.«

Das ist sonderbar ... dachte der Vorsteher. »Er mag kommen. Nein ... warte ... ich gehe selbst ...«

Und er ging in den Flur und die Treppe hinab.

An den Fußtritten erkannte es Diado Jozo: er ist es, der bulgarische Pascha.

Der Beamte erblickte vor sich einen weißbärtigen Greis von gesundem Aussehen und kräftigem, dunklem Gesicht, in einem abgerissenen Besramnik. Diado Jozo zitterte an allen Gliedern. In ehrerbietiger Haltung stand er da, das weißhaarige Haupt gebeugt.

»Was willst du denn, Diado?« fragte der Vorsteher.

Der Greis hob das Haupt und richtete seine toten, unbeweglichen Augen auf den Sprechenden. Nur die Muskeln seines kräftigen Angesichts erzitterten nervös.

»Seid Ihr es, Euer Liebden?«

»Ich bin es, Diado ...«

»Der Pascha?«

»Er selbst ...« sagte der Vorsteher und lächelte.

Der Greis näherte sich ihm, steckte die Mütze unter den linken Arm, nahm den Arm des Vorstehers, befühlte den Tuchärmel, berührte die messingenen Knöpfe auf der Brust, die Achselbänder, die silbernen Epauletten, er hob sich sogar auf den Fußspitzen und küßte sie.

»Gott! ... ich habe gesehen!« sagte der Greis, indem er sich bekreuzte und mit dem Ärmel die Tränen wegwischte, die in seinen abgestorbenen Augen blitzten.

Dann verbeugte er sich tief und sagte: »Jetzt verzeih mir, Söhnchen, daß ich dich bemüht habe ...«

Und indem er mit seinem Stock den Weg suchte, entfernte er sich, ohne den Kopf zu bedecken.

Dann kamen für ihn einförmige Tage ohne Licht, ein ewiges Dunkel, in dem der einzige helle Strahl dieses momentane Sehen war: der bulgarische Vorsteher ... der Pascha!

Dem Greis schien es, als hätte er nach fünf Jahren für einen einzigen Augenblick wieder die Sehkraft erlangt und das »Bulgarische« erblickt ... ein Schimmer des »Bulgarischen« ... und das hatte ihn völlig überzeugt, daß die Türken nicht mehr da waren.

Außer diesem Ereignis blieb alles beim alten: wie früher traf er in der Schenke dieselben Bauern, hörte denselben Zank und denselben Klatsch. Das Leben um ihn rauschte wie ehedem, mit dem gleichen Zwang, mit den gleichen Mühen, kleinen Kämpfen, an denen er keinen Anteil nahm ... sie waren fremd für ihn, er war ihnen fremd!

Eine einzige Freude aber blieb ihm und versüßte sein blindes Dasein: die Gewißheit, daß Bulgarien frei war. Und wenn er manchmal Betrachtungen anstellte über die Gehässigkeiten und gegenseitigen Verfolgungen im Ort, verwunderte er sich, daß sich die Leute das Leben vergiften, während sie sich vielmehr freuen und glücklich fühlen sollten, daß das »Bulgarische« frei ist! ... Wo sie nur die Augen haben? ... Selig sollten sie sein! ...

Man sollte meinen, sie seien blind und ich sehend ... dachte er.

Und er pflegte unter den Eichen zu sitzen, zu horchen, wie in der Tiefe der Isker rauscht, und dachte, daß der Isker, der aus so weiter Ferne herkommt, weit größere Dinge gesehen hat als er, und daran erfreute er sich ...

So verging die Zeit.

Eines Tages fing das Herz Diado Jozos unter dem Einfluß einer neuen Rührung stärker an zu schlagen. Zum Osterurlaub kam ein Kavallerist, der einzige Soldat des Dorfes.

»Wie ist er gekommen? ... In militärischer Kleidung?« fragt Diado Jozo, und Erregung bebt in seiner Stimme.

»In Uniform ...« antwortet man ihm.

»Mit einem Säbel?«

»Du wirst schon hören, Diado Jozo, wie er mit ihm klirrt!«

Der Greis eilt zu dem Sohne Nikolas.

»He, Soldat! ... bist du hier?«

»Und was willst du, Jozo?« fragt der alte Kola.«

»He, wo ist der Krieger? ... Ich will ihn sehen!«

Kola rief seinen Sohn, damit Diado Jozo ihn sehe, und lächelte befriedigt.

Der Krieger kam.

Der Greis erkannte ihn am Säbel, der auf den Steinen klirrten. Er näherte sich ihm und drückte die Hand, die ihm der Soldat fröhlich reichte. Alsdann befühlte er den dicken Mantel, die Knöpfe, die Soldatenmütze, erfaßte den Säbel und küßte ihn.

Er richtete auf den jungen Burschen die leblosen Augen in dem staunenden Gesicht, über die zwei Tränen rollten.

»So haben wir jetzt bulgarisches Militär?« fragte er, im Glücksgefühl erzitternd.

»Wir haben es, Diado Jozo ... Soldaten und Kapitäne und unseren Fürsten ...« antwortet der Soldat stolz.

»Und wird er nicht einmal herkommen?«

»Wer? . .. der Fürst?«

Und der Soldat und Kola lachen über die Einfältigkeit Diado Jozos.

Und Diado fragt eine ganze Stunde lang nach dem bulgarischen Palais in Sofia, nach den bulgarischen Geschützen und nach allem ... Und wie er die Wunder vernimmt, die ihm der Krieger erzählt, ist es ihm, als ginge in den Tiefen seiner Seele eine Sonne auf und beleuchte alles rings um ihn ... als sähe er grüne Berge und nackte Gipfel ... Adler auf denselben rastend und die ganze wunderbar schöne Welt!

Ach! jetzt brauchte ich meine Augen!. .. denkt der Greis zornig.

leer

Lange Zeit hindurch lebte Diado Jozo unter diesen neuen Eindrücken.

Nach dem abgelegenen Dörfchen kam niemand von draußen, aus dem neuen Bulgarien, um einen neuen

Strom edler Erregungen in seine Seele zu gießen. Keine Offenbarung, die den Alten, wenn auch nur von weitem, über das überschäumende Leben Bulgariens belehrt hätte, unterbrach das einförmige Vegetieren des Ortes.

Die politischen Ereignisse, die einander folgten und ganz Bulgarien bis in die tiefsten Tiefen erschütterten, verliefen ohne Widerhall im Dörfchen zu wecken. Zeitungen gelangten nicht in die wenigen armen Hütten, und selbst, wenn sie dahin gelangt wären, hätten sich keine Leser gefunden ... Einen Lehrer gab es hier nicht, denn es gab keine Schule, es gab keinen Popen, da es keine Kirche gab, und es gab keinen Ortsvorsteher, weil es keine Gemeinde gab. Der Winter mit seinem Schnee und Kot brachte für ganze sieben Monate die sowieso schon erschwerte Verbindung mit der Welt gänzlich ins Stocken ... Selbst der serbische Krieg, in dem der einzige Soldat des Ortes gefallen war, ließ sich doch nur schwach merken. Es gelangten wohl dunkle und unklare Gerüchte in das Dorf, daß irgendwo, dort ... hinter den Bergen etwas geschähe, aber was – niemand wußte es.

Die Tage Diado Jozos schlichen in Unkenntnis der Weltereignisse dahin, in der ungestörten Ruhe seines Dörfchens.

Langsam bemächtigte sich seiner eine Teilnahmslosigkeit gegen alles, was ihn umgab, er verfiel in einen allerdings ungefährlichen Zustand, der ihn jedoch an die Grenze brachte, wo der Greis kindisch wird. Ganze Stunden, ja ganze Tage lang pflegte er im Schatten der Eichen zu sitzen, in Gedanken versunken; die leblosen Augen ziellos vor sich hin gerichtet, horchte er auf das dumpfe Brausen des Isker.

Es sah so aus, als könne nichts mehr aus der Außenwelt zu ihm gelangen, das imstande wäre, seine Seele diesem langsamen und stillen Hinsterben zu entreißen.

Indessen, noch einmal sollte er zum Leben erwachen ...

Es verbreitete sich die Kunde, daß man über die Iskerschlucht die Eisenbahn leiten wolle. Die Ingenieure hatten schon mit den Messungen angefangen.

Diese Nachricht gelangte auch zu Diado Jozos Ohren, und wie mit einem Hammer zerschlug sie seine geistige Lethargie.

In den Tiefen seines Gedächtnisses erwachte es wie eine traumhafte Erinnerung: einst, einst hatte er von einem Bauern aus Wratza, dem Tschorbadschija Mano, gehört, daß die Herren, die reichen, und die französischen Feldmesser sagten, eine Eisenbahn lasse sich nicht über diese Schlucht leiten ... dazu brauchte man Millionen und aber Millionen, und auch die wären hinausgeworfen.

»Wie? ... Eine bulgarische Eisenbahn?«

Er wollte es nicht glauben.

Eine Eisenbahn über diese Schlucht, durch diese steilen Berge, wo das Pferd nicht einmal Platz findet, die Hufe aufzusetzen, durch die Felsen, wo die wilde Ziege mit Mühe auf den Abhängen Fuß faßt? ...

»Ein großer Staat hatte es nicht vermocht ... sollten wir ...?«

Doch eines Tages brachte man ihm die Nachricht, daß die Arbeiten an der Schienenlegung über die Schlucht bereits angefangen hätten. Die Bauern hatten bei dem Bau Beschäftigung gefunden und gingen täglich hinab an den Isker.

Der Greis staunte ...

Irgendwo müssen sich also noch gelehrte Ingenieure gefunden haben... Die Welt ist groß ... »Sind es auch Franzosen?«

Man sagte ihm, es seien Bulgaren.[19]

Der Greis staunte immer mehr.

»Wie? ... Die Unsrigen? ... Bulgarische Ingenieure? ... Dort, wo die Herren und die gelehrten Franzosen behaupten, es wäre unmöglich... So haben wir gelehrter Männer ... wir? ... Und woher diese Millionen, diese Tausende von Millionen, von denen Tschorbadschija Mano gesprochen?«

Jetzt stellte sich ihm das »Bulgarische« als etwas Großes, Mächtiges, Unfaßbares dar. Sein armer Geist konnte diese Größe nicht ermessen. Bisher beschränkten sich die Sinnbilder des »Bulgarischen« auf die Epauletten des Kreisvorstehers und den Säbel des Kriegers, die er berührt und geküßt hatte.

Und seine Seele entbrannte in Stolz; die bulgarische Hand durchschneidet Berge, der bulgarische Geist ersinnt Werke, die die ganze Welt in Staunen und Bewunderung versetzen werden?!...

Und als er den ersten Donner der Felsen, die von den Minen in den Abgrund gesprengt wurden, vernahm, wischte er sich die Tränen aus den Augen.

Seit jener Zeit war sein Lieblingsaufenthalt auf einem Felsen, der fünfzig Schritte von seiner Wirtschaft über dem tiefen Tal des Iser hing. Hier hallte der Schall der Arbeiten übermächtig wider.

Von früh bis spät stand er auf jenem Felsen, vertieft in das Anhören der Rufe, Befehle, des Pochens, der Schläge der Keilhauen gegen den Erdboden, das Rollen der Wagen, versunken in den verwirrenden Lärm der großen Arbeiten dieses Riesenwerkes.

---

[19] Tatsächlich wurde der Plan dieser Eisenbahn von Ausländern und besonders Franzosen entworfen und der Bau von ihnen geleitet. Nur die Beaufsichtigung der Arbeiten wurde durch bulgarische Ingenieure geführt. Der Patriotismus des Verfassers verlangte eine andere Darstellung. Anmerk. der Übersetzerin.]

Die Eisenbahn ward vollendet und in Betrieb gesetzt. Mit Herz-klopfen vernahm Diado Jozo den ersten Pfiff der Lokomotive und das Krachen der Räder auf den Schienen.

Es pfiff und krachte die »bulgarische Eisenbahn«.

Diado war wie neubelebt, wie neugeboren.

Sobald die Stunde, in welcher der Zug durchging, sich näherte, ging er regelmäßig auf den Felsen, um das Pfeifen der Lokomotive zu hören, und um zu »schauen«, wie die bulgarische Eisenbahn durch die Schlucht sauste.

Die Eisenbahn verband sich in seinen Gedanken mit dem freien Bulgarien. Ihr Gedonner sprach ihm deutlich von den neuen »bul-garischen« Zeiten.

Nichts im Dorfe sprach ihm davon, nichts reizte ihn sonst, nur der Pfiff der Lokomotive weckte und belebte ihn.

Sobald die Zeit des Pfeifens kam, verließ er alles und ging auf den Felsen, um zu »schauen« ...

Die Reisenden, die an die Fenster gelehnt die malerischen Bilder des Durchbruches bewunderten, bemerkten mit Erstaunen einen Greis, der, auf einem Felsen stehend, seine Mütze gegen sie schwenkte.

Die Bauern waren daran gewöhnt, den Alten alltäglich auf dem Felsen zu sehen, und sagten gutmütig: »Diado Jozo schaut ...«

Dieser bei Lebzeiten für die Welt gestorbene Mensch stand von den Toten auf nur bei dem Herannahen des Zuges und hatte eine kindliche Freude an seinem Brausen. Die Eisenbahn war es schließ-lich allein, die für ihn das freie Bulgarien darstellte ... Da er nie im Leben mit eigenen Augen einen Eisenbahnzug gesehen, stellte sich seine Einbildungskraft ihn etwa als einen beflügelten Drachen vor, dessen Rachen Feuer speit, der heult, schreit, mit unfaßbarer Kraft und Schnelligkeit durch die Berge saust und die Macht, den Ruhm, den Fortschritt Bulgariens verkündet.

Oftmals fragte irgendein neuer Zugführer, weshalb er immer zu derselben Stunde einen Greis auf dem Felsen sehe, der gegen den durcheilenden Zug die Mütze schwenke – fragte auf der nächsten Station die in den Wagen der dritten Klasse steigenden Bauern:

»Was ist das für ein Mensch, der dort auf dem Felsen die Mütze schwenkt? ... Ist es ein Verrückter?«

Und die Bauern antworten gewöhnlich: »Durchaus nicht ... Es ist Diado Jozo, der schaut ...«

Eines Abends kehrte Jozo nicht nach Hause zurück.

Sofort am frühen Morgen des folgenden Tages ging sein Sohn aus ihn suchen; er wandte sich geradeswegs nach den Felsen. Er dachte, der Greis wäre in den Abgrund gestürzt.

Doch er fand ihn tot mit der Mütze in der Hand.

Jozo starb, indem er das freie Bulgarien grüßte ...

Ende.

Über tredition

Eigenes Buch veröffentlichen

tredition wurde 2006 in Hamburg gegründet und hat seither mehrere tausend Buchtitel veröffentlicht. Autoren veröffentlichen in wenigen leichten Schritten gedruckte Bücher, e-Books und audio-Books. tredition hat das Ziel, die beste und fairste Veröffentlichungsmöglichkeit für Autoren zu bieten.

tredition wurde mit der Erkenntnis gegründet, dass nur etwa jedes 200. bei Verlagen eingereichte Manuskript veröffentlicht wird. Dabei hat jedes Buch seinen Markt, also seine Leser. tredition sorgt dafür, dass für jedes Buch die Leserschaft auch erreicht wird.

Im einzigartigen Literatur-Netzwerk von tredition bieten zahlreiche Literatur-Partner (das sind Lektoren, Übersetzer, Hörbuchsprecher und Illustratoren) ihre Dienstleistung an, um Manuskripte zu verbessern oder die Vielfalt zu erhöhen. Autoren vereinbaren direkt mit den Literatur-Partnern die Konditionen ihrer Zusammenarbeit und partizipieren gemeinsam am Erfolg des Buches.

Das gesamte Verlagsprogramm von tredition ist bei allen stationären Buchhandlungen und Online-Buchhändlern wie z. B. Amazon erhältlich. e-Books stehen bei den führenden Online-Portalen (z. B. iBookstore von Apple oder Kindle von Amazon) zum Verkauf.

Einfach leicht ein Buch veröffentlichen: **www.tredition.de**

Eigene Buchreihe oder eigenen Verlag gründen

Seit 2009 bietet tredition sein Verlagskonzept auch als sogenanntes "White-Label" an. Das bedeutet, dass andere Unternehmen, Institutionen und Personen risikofrei und unkompliziert selbst zum Herausgeber von Büchern und Buchreihen unter eigener Marke werden können. tredition übernimmt dabei das komplette Herstellungs- und Distributionsrisiko.

Zahlreiche Zeitschriften-, Zeitungs- und Buchverlage, Universitäten, Forschungseinrichtungen u.v.m. nutzen diese Dienstleistung von tredition, um unter eigener Marke ohne Risiko Bücher zu verlegen.

Alle Informationen im Internet: **www.tredition.de/fuer-verlage**

tredition wurde mit mehreren Innovationspreisen ausgezeichnet, u. a. mit dem Webfuture Award und dem Innovationspreis der Buch Digitale.

tredition ist Mitglied im Börsenverein des Deutschen Buchhandels.

Dieses Werk elektronisch lesen

Dieses Werk ist Teil der Gutenberg-DE Edition DVD. Diese enthält das komplette Archiv des Projekt Gutenberg-DE. Die DVD ist im Internet erhältlich auf **http://gutenbergshop.abc.de**

Zeitfracht Medien GmbH
Ferdinand-Jühlke-Straße 7
99095 Erfurt, Deutschland
produktsicherheit@kolibri360.de